# Las señoritas de escasos medios

# Las señoritas de escasos medios

## Muriel Spark

Traducción del inglés a cargo de
Gabriela Bustelo

**I**

IMPEDIMENTA

Título original: *The Girls of Slender Means*

Primera edición en Impedimenta: enero de 2011

Copyright © Administration Limited, 1963
Copyright de la traducción © Gabriela Bustelo, 2011
Copyright de la presente edición © Editorial Impedimenta, 2011
Benito Gutiérrez, 8. 28008 Madrid

http://www.impedimenta.es

Diseño de colección y coordinación editorial: Enrique Redel

ISBN: 978-84-15130-05-5
Depósito Legal: S. 7-2011

Impresión: Kadmos
Compañía, 5. 37002, Salamanca

Impreso en España

# 1

Hace tiempo, en 1945, toda la buena gente era pobre, salvo contadas excepciones. Las calles de las ciudades eran una sucesión de edificios en mal estado o sin arreglo posible, zonas bombardeadas llenas de escombros, casas como enormes dientes con las caries agujereadas por el torno de un dentista que hubiera dejado la cavidad abierta. Varios de los edificios reventados por las bombas parecían castillos en ruinas hasta que, vistos de cerca, resultaban tener habitaciones normales, unas encima de las otras, con las paredes empapeladas, expuestas como en un escenario de teatro, con una pared suprimida; en algunos casos una cadena de retrete colgaba perdida en el aire desde el techo de un cuarto o quinto piso; casi todas las escaleras habían sobrevivido, como objetos de una nueva forma de arte, subiendo hacia un destino impreciso que obligaba a forzar la imaginación. Toda la buena gente era pobre; o, en todo caso, eso parecía, pues los mejores de entre los ricos eran pobres de espíritu.

No tenía absolutamente ningún sentido deprimirse por la situación, ya que habría sido como deprimirse por la existencia del Gran Cañón del Colorado o de algún otro fenómeno natural al que fuera imposible acceder. La gente seguía haciendo comentarios sobre lo mucho que le deprimían el mal tiempo y las noticias, o la curiosidad de que el Albert Memorial se hubiera mantenido, desde el primer momento, incólume a las bombas.

El club May of Teck estaba, transversalmente, justo delante del Memorial, en una fila de casas que apenas se mantenían en pie; en las calles y los jardines del barrio habían caído varias bombas, dejando los edificios resquebrajados por fuera y endebles por dentro, pero temporalmente habitables. En las ventanas reventadas habían puesto unos vidrios que traqueteaban al abrirlas o cerrarlas. A las ventanas del vestíbulo y el cuarto de baño les acababan de quitar la pintura bituminosa que se usaba para camuflarlas. Las ventanas tenían su importancia durante ese último año de decisiones cruciales; por ellas se sabía al instante si una casa estaba ocupada o no; y en los últimos tiempos habían adquirido un gran predicamento, pues constituían la peligrosa frontera entre la vida doméstica y la guerra que afectaba a las calles de la ciudad. Al sonar las sirenas, todos decían: «Cuidado con las ventanas. No os acerquéis. Los fragmentos de cristal son peligrosos».

Las ventanas del club May of Teck se habían roto tres veces desde 1940, aunque el edificio se había librado de las bombas. Las habitaciones de arriba daban a las onduladas copas de los árboles de los jardines de Kensington, y para ver el Albert Memorial bastaba con estirar el cuello y girar la cabeza ligeramente. Desde los dormitorios superiores se veía a la gente que pasaba por la acera frente al parque, personas diminutas, en pulcras parejas o por separado, con carritos minúsculos en los que asomaba la cabeza de alfiler de un niño rodeado de provisiones, con bolsas de la compra del tamaño de un punto. Todos salían de casa con una bolsa, por si tenían la suerte de pasar por una tienda que acabara de recibir algo que no fueran los escasos víveres del racionamiento.

Desde los dormitorios de abajo la gente que pasaba por la calle parecía tener un tamaño casi normal, y los senderos del parque se distinguían bien. Toda la buena gente era pobre, pero había pocas personas tan decentes, en cuanto a decencia propiamente dicha, como las chicas de Kensington que por la mañana se asomaban a la ventana para ver qué tiempo hacía o que atisbaban por la tarde el verdor del parque como pensando en los meses venideros, en el amor y sus vericuetos. Sus ojos brillaban con un entusiasmo que, pareciendo rozar la genialidad, era simple juventud. La primera norma del estatuto, redactado hacía tiempo y con la ingenuidad característica de la época eduardiana, aún se les podía aplicar a las chicas de Kensington sin apenas cambio alguno:

El club May of Teck existe para proporcionar seguridad económica y amparo social a las señoritas de escasos medios, con una edad inferior a los treinta años, que se vean obligadas a residir lejos de sus familias por tener que desempeñar un trabajo en Londres.

Como ellas mismas sabían en mayor o menor grado, por aquel entonces había pocas personas más encantadoras, ingeniosas, conmovedoramente bellas y, en ciertos casos, salvajes, que las señoritas de escasos medios.

\*

—Tengo que contarte una cosa —dijo Jane Wright, la mujer columnista.

Por el auricular del teléfono le llegó la voz de Dorothy Markham, dueña de la célebre agencia de modelos del mismo nombre.

—Querida, ¿dónde te habías metido? —le preguntó con el entusiasmo superlativo que tenía ya desde sus tiempos de debutante.

—Tengo que contarte una cosa. ¿Te acuerdas de Nicholas Farringdon? El chico aquel que se dejaba caer por el May of Teck justo después de la guerra, que era anarquista y una especie de poeta. Ese tan alto que…

—¿El que pasó la noche en la azotea con Selina?

—Sí, Nicholas Farringdon.

—Ah, algo me acuerdo. ¿Ha vuelto a aparecer?

—No, le acaban de martirizar.

—¿Le acaban de qué?

—Martirizar. En Haití. Le han asesinado. ¿Te acuerdas de que se hizo Hermano de…?

—Pero si precisamente vengo de Tahití. Es un sitio maravilloso donde todo el mundo es maravilloso. ¿Y tú cómo te has enterado?

—La noticia viene de Haití, no de Tahití. Acaba de llegar un boletín de Reuters. Estoy segura de que es el mismo Nicholas Farringdon porque dicen que era un misionero que antes fue poeta. Casi me da algo. Le traté mucho, ¿sabes?, en los viejos tiempos. Supongo que procurarán que no se sepa, lo de los viejos tiempos, si quieren convertirlo en la historia de un mártir.

—¿Cómo murió? ¿Es todo muy truculento?

—Uy, yo qué sé. Solo viene un párrafo.

—Tendrás que usar tus contactos para sacarles más datos. Yo estoy hecha polvo. Tengo un montón de cosas que contarte.

\*

El Consejo de Dirección quiere expresar su sorpresa ante la queja de las socias en cuanto al papel pintado elegido para el salón. El Comité desea señalar que la cuota de las socias cubre el hospedaje, pero no incluye los gastos de mantenimiento. El Comité lamenta que el espíritu de las fundadoras del May of Teck se haya deteriorado tanto como para que se produzca semejante protesta. El Comité ruega a las socias que se remitan a los términos en que se fundó el club.

Joanna Childe era hija de un párroco rural. Tenía una inteligencia considerable y sentimientos tan profundos como sombríos. Mientras se preparaba para ser maestra de elocución asistía a clases de teatro y tenía incluso alumnas propias. Como ventaja en su profesión contaba con su buena voz y con un amor por la poesía comparable al amor de un gato por los pájaros; la poesía declamatoria, en concreto, le provocaba un apasionado entusiasmo; se lanzaba sobre el material, recreándose en él con su mente febril, y, una vez aprendido de memoria, lo recitaba con un deleite voraz. Solía dar rienda suelta a su pasión al dar sus clases de elocución en el club, donde se la tenía en alta estima por ello. Cuando llamaban los novios de las socias, la vibrante voz de Joanna declamando en su habitación o en la sala de juegos donde le gustaba ensayar, en opinión de todas, aportaba cierta elegancia y personalidad al centro. Sus gustos en poesía se acabaron imponiendo en el club. Le gustaban especialmente ciertos pasajes de la Biblia del Rey Jacobo, además del Libro de Oraciones, Shakespeare y Gerard Manley Hopkins, y acababa de descubrir a Dylan Thomas. La poesía de Eliot y Auden no le impresionaba, salvo este verso del segundo:

*Posa tu cabeza soñolienta, mi amor,*
*indulgente, en mi brazo infiel.*

Joanna Childe era grandona, con un pelo claro y brillante, los ojos azules y las mejillas sonrosadas. Estaba con varias socias más del club cuando leyó la notificación firmada por lady Julia Markham, presidenta del comité, colgado en el tablón de anuncios de fieltro verde, y no pudo por menos de murmurar:

—*Arrogante es el necio, una y otra vez, pues sabe que su tiempo escasea.*

Pocas de las presentes sabían que el verso alude al diablo, de modo que les hizo reír. No era, sin embargo, la intención de Joanna, que casi nunca citaba nada por su pertinencia ni con intención conversacional.

Joanna, que ya era mayor de edad, votaría a partir de entonces por la opción conservadora en las elecciones, cosa que en el club May of Teck se asociaba en aquellos tiempos con un estilo de vida apetecible, algo que ninguna de las socias podía recordar por experiencia propia, dada su corta edad. En principio todas daban su visto bueno al contenido del comunicado del comité. Por eso a Joanna le asustó la divertida reacción ante su cita, la cordial carcajada con que aceptaron que aquellos tiempos se habían acabado, si las socias de turno no podían alzar la voz contra el papel de la pared del salón. Principios aparte, era obvio que el puñetero comunicado tenía gracia. Lady Julia debía de estar bastante desesperada.

*«Arrogante es el necio, una y otra vez, pues sabe que su tiempo escasea.»*

La pequeña Judy Redwood, una joven morena que trabajaba de mecanógrafa en el Ministerio de Trabajo, dijo:

—Me parece a mí que, como socias, podemos opinar sobre las cuestiones administrativas. Tengo que preguntárselo a Geoffrey.

Era el hombre con quien Judy estaba prometida. Ahora se encontraba en el ejército, pero había terminado Derecho antes de alistarse. La hermana de este, Anne Baberton, que estaba delante del cartel junto con el resto de las socias, dijo:

—Geoffrey es la última persona a quien yo pediría consejo.

Al decir eso, Anne Baberton quería dejar claro que ella conocía a Geoffrey mejor que Judy; lo dijo con voz de cariñoso desdén; lo dijo porque era el típico comentario propio de una hermana bien educada, pues de hecho estaba orgullosa de él; y junto a todo ello había un matiz de irritación en sus palabras —«Geoffrey es la última persona a quien yo pediría consejo»—, pues sabía que la intervención de las socias en el asunto del papel pintado no tenía ningún sentido.

Anne tiró una colilla sobre las baldosas rosas y grises del enorme vestíbulo victoriano y la pisó desdeñosamente. Su gesto fue detectado por una mujer delgada de mediana edad, una de las pocas socias mayores que quedaban, si bien no era de las más antiguas.

—No está permitido apagar colillas en el suelo —dijo.

Sus palabras no hicieron mella en las mujeres del grupo, que las oyeron como oían el reloj de pared que había a sus espaldas. Pero Anne preguntó:

—¿Ni siquiera se permite escupir en el suelo?

—Por supuesto que no —dijo la solterona.

—Ah, pues yo pensaba que sí se podía —dijo Anne.

El club lo abrió la reina María antes de casarse con el rey Jorge V, cuando aún era la princesa May of Teck. Una tarde, entre el compromiso y la boda, consiguieron que la princesa fuese a Londres a inaugurar oficialmente el club May of Teck, sufragado por varias fuentes de noble procedencia.

Ninguna de las señoras originales permanecía ya en el club. Pero a tres de las socias que entraron después se les había permitido quedarse pasado el límite estipulado de treinta años, y ahora estaban en la cincuentena, habiendo vivido en el club May of Teck desde antes de la Primera Guerra Mundial cuando, según contaban, había que ponerse de tiros largos para bajar a cenar.

Nadie sabía por qué a estas tres mujeres no les habían rogado que se marcharan al cumplir los treinta. Y ni el director ni los miembros del comité sabían por qué se habían quedado. Ahora ya era tarde para echarlas si querían seguir manteniendo las formas. Incluso era tarde para sacarles el tema de su prolongada estancia. Los sucesivos comités anteriores a 1939 decidieron que las socias mayores ejercerían, con toda probabilidad, una buena influencia sobre las jóvenes.

Durante la guerra el asunto quedó olvidado, ya que el club estaba medio vacío; en cualquier caso, las cuotas de las socias eran necesarias, pues los bombardeos estaban haciendo tantos estragos y llevándose por delante tantas vidas que era razonable preguntarse si tanto las tres solteronas como el propio club lograrían mantenerse en pie. En 1945 ya habían visto llegar y marcharse a muchas chicas, aunque solían caer bien a las llegadas en la última tanda, que las obsequiaban con insultos si se entrometían y con confesiones íntimas si optaban por mantener las distancias. Las confidencias casi nunca eran del todo ciertas, especialmente si venían de las jóvenes que ocupaban el piso superior. A las tres solteronas llevaban años llamándolas por los motes de Collie (la señorita Coleman), Greggie (la señorita MacGregor) y Jarvie (la señorita Jarman). Fue Greggie quien, estando ante el tablón de anuncios, le dijo a Anne:

—No está permitido apagar colillas en el suelo.

—¿Ni siquiera se permite escupir en el suelo?

—Por supuesto que no.

—Ah, pues yo pensaba que sí se podía.

Con un suspiro indulgente, Greggie se abrió paso entre las socias más jóvenes. Salió al enorme porche y se quedó ante la puerta abierta, mirando el anochecer como una tendera en espera de clientela. Greggie siempre se portaba como si el club fuese suyo.

El gong estaba a punto de sonar. Anne dio un puntapié a su colilla, enviándola hacia una esquina oscura.

—Anne, ahí viene tu novio —le avisó Greggie, volviendo la cabeza desde el porche.

—Puntual, por una vez en la vida —dijo Anne, con el mismo aire desdeñoso que había usado al referirse a su hermano Geoffrey: «Es la última persona a quien yo pediría consejo». Con su desenfadado bamboleo de caderas, avanzó hacia la puerta.

Un hombretón de piel sonrosada entró sonriente, vestido de uniforme inglés. Anne le miró como si fuese la última persona del mundo a quien pediría consejo.

—Buenas noches —le dijo el recién llegado a Greggie, como cualquier hombre educado saludaría a una señora de su edad.

Al ver a Anne hizo un vago sonido nasal que, adecuadamente articulado, bien podría haber sido un hola. En cuanto a ella, no profirió el menor gesto de reconocimiento. Sin embargo, estaban a punto de comprometerse en matrimonio.

—¿Quieres entrar a ver el papel pintado del salón? —le dijo Anne entonces.

—No, vámonos pitando.

Anne fue a recoger su abrigo de la barandilla donde lo había dejado tirado.

—Adiós, Greggie —dijo.

—Buenas noches —dijo el soldado mientras Anne le tomaba del brazo.

—Que os divirtáis —dijo Greggie.

Sonó el gong de la cena y a continuación se oyó un barullo de pies apartándose del tablón de anuncios y correteando por los pisos de arriba.

*

Una noche de verano de la semana anterior, el club entero, las cuarenta y pico socias, acompañadas del joven de turno caído por allí, salieron como veloces aves migratorias al oscuro frescor del parque, y atravesaron sus praderas como cuervos volando hacia el palacio de Buckingham, para expresar con el resto de los londinenses su alegría por la victoria en la guerra contra Alemania. De dos en dos y de tres en tres, se abrazaban unas a otras temerosas de que las pisotearan. Al separarse se agarraban o bien se dejaban agarrar por la persona más cercana. Unidas a la gran oleada, surcaron la hierba y cantaron hasta que, con intervalos de media hora, una luz inundaba el diminuto balcón del lejano palacio sobre el que aparecían cuatro pequeños dígitos lineales: el rey, la reina y las dos princesas. Los miembros de la familia real alzaban el brazo derecho, y agitaban la mano como llevados por una suave brisa; eran tres velas encendidas vestidas de uniforme y otra vela engalanada con las pieles de la reina, que iba de civil en tiempos de guerra. El gigantesco murmullo orgánico de la multitud, en nada semejante a la voz de un ser animado, sino más bien como una catarata o una alteración geológica, se propagaba por los parques

y el Mall. Solo los hombres de las am
John, firmes ante sus camiones, conser
dad. Los miembros de la familia real a
una vez más, hicieron un amago de m
lonearon y volvieron a saludar, desap
nitivamente. Brazos desconocidos rodeaban cuerpos
desconocidos. Muchos amoríos, algunos duraderos,
surgieron esa noche; y numerosos bebés de la variedad
experimental, deliciosos en su tono de piel y estructura
racial, vinieron al mundo al cumplirse su correspondiente ciclo de nueve meses. Las campanas repicaban.
Greggie comentó que aquello era un acontecimiento
a medio camino entre una boda y un funeral, pero a
escala mundial.

Al día siguiente todos empezaron a plantearse el
lugar que ocuparían a partir de entonces en el nuevo
orden del mundo.

A muchos les entraban ganas, y algunos incluso ce-
dían al impulso, de insultar a los demás para demostrar algo o bien para ponerse a prueba.

El Gobierno tuvo que recordarles a las gentes que seguían en guerra. Oficialmente era algo innegable, pero,
salvo para quienes tenían parientes en las cárceles de
Extremo Oriente, o para los que se habían quedado in-
movilizados en Birmania, la guerra empezaba a consi-
derarse un asunto lejano.

Varias tipógrafas del club May of Teck procuraron
buscarse empleos más seguros, es decir, en empresas
privadas que no estuvieran relacionadas con la guerra,

mo los ministerios temporales donde muchas de ellas habían trabajado.

Sus hermanos y amigos soldados, que aún tardarían en licenciarse, ya hablaban de proyectos interesantes para cuando llegase la paz, tales como comprar un camión y montar una empresa de transportes.

*

—Tengo que contarte una cosa —dijo Jane.

—Espera un segundo, que voy a cerrar la puerta. Los niños están haciendo mucho ruido —dijo Anne, que, en cuanto volvió al teléfono, dijo—: Ya estoy, cuéntame.

—¿Te acuerdas de Nicholas Farringdon?

—El nombre me suena de algo.

—Acuérdate, uno al que traje yo al May of Teck en 1945, que venía mucho a cenar. Ese que acabó liado con Selina.

—Ah, Nicholas. ¿El que se subió al tejado? Anda que no ha pasado tiempo ni nada. ¿Le has visto?

—Lo que he visto es un boletín que acaba de mandar Reuters. Le han asesinado en una revuelta en Haití.

—¿En serio? ¡Qué espanto! ¿Y qué hacía allí?

—Pues se había metido a misionero o algo así.

—¡No me digas!

—Sí. Una tragedia tremenda. Yo le conocía mucho.

—Horroroso. Menudos recuerdos te traerá. ¿Se lo has contado a Selina?

—La verdad es que aún no he logrado dar con ella.

Ya sabes cómo está últimamente. No se pone al teléfono y hay que pasar por miles de secretarias, o lo que sean, sin que sirva de nada.

—De esto puedes sacar una buena historia para el periódico, Jane —dijo Anne.

—Ya lo sé. Estoy pendiente de conseguir más datos. Es evidente que ha pasado mucho tiempo desde que le conocí, pero sería una historia interesante.

*

Dos hombres —poetas en virtud de que escribir poesía era lo único consistente que habían hecho en su vida—, adorados por dos de las chicas del May of Teck, y de momento por nadie más, estaban sentados con sus pantalones de pana en un café de Bayswater, en compañía de sus admiradoras y oyentes, hablando del futuro que les esperaba, mientras hojeaban las galeradas de la novela de un amigo. Sobre la mesa, entre ambos, había un ejemplar de Peace News.

—¿Qué será de nosotros ahora, sin los bárbaros? —dijo uno de los hombres al otro—. Esa gente era una especie de solución para todo.

Y el otro sonrió, medio aburrido, pero consciente de que en la gran metrópolis y sus provincias adjuntas eran muy pocos los que conocían la procedencia de esas líneas. El otro hombre que sonreía era Nicholas Farringdon, no conocido todavía, ni con probabilidad alguna de serlo.

—¿Quién ha escrito eso? —dijo Jane Wright, una chica gorda que trabajaba en una editorial, considerada lista en el May of Teck, pero sin satisfacer del todo los requisitos sociales del club.

Ninguno de los dos hombres le respondió.

—¿Quién ha escrito eso? —dijo Jane otra vez.

El poeta más cercano a ella la miró a través de los gruesos cristales de sus gafas, y le dijo:

—Un poeta alejandrino.

—¿Es nuevo?

—No, pero en este país sí que resulta bastante nuevo.

—¿Cómo se llama?

El hombre no contestó. Los dos habían vuelto a su charla. El tema era el declive y caída del movimiento anarquista en su isla natal, centrándose concretamente en los personajes afectados. Esa noche ya estaban hartos de educar a las chicas.

# 2

Joanna Childe estaba en la sala de juegos, dando una clase de elocución a la señorita Harper, la cocinera. Cuando no daba clases, la señorita Childe solía dedicarse a preparar el siguiente examen. Era frecuente que los ecos de su retórica resonaran por toda la casa. Con cada alumna ganaba seis chelines la hora, cinco si era una socia del May of Teck. Nadie estaba al tanto del acuerdo económico que tenía con la señorita Harper, pues en aquellos tiempos las encargadas de la despensa solían hacer trueques que resultaran convenientes para ambas partes. En cuanto a la clase en sí, el método de Joanna consistía en leer cada estrofa ella antes y hacer que su discípula la repitiera.

Todos los que estaban en la sala de juegos oían los sonoros énfasis del «Naufragio del *Deutschland*».

*El ceño de su rostro*
*ante mí, el fragor del infierno*
*detrás, ¿dónde había un... dónde había un lugar?*

El club estaba orgulloso de Joanna Childe, no solo porque recitaba poesía con la barbilla en alto, sino por la constitución tan sólida que tenía, por su aspecto tan robusto y sano. Era la encarnación poética de esas hijas de párroco robustas y sanas que no usaban ni pizca de maquillaje, que apenas salían del colegio se metían de lleno en las organizaciones benéficas que llevaba la Iglesia desde el comienzo de la guerra, que antes de eso habían sido monitoras de su clase y a las que nadie había visto derramar una sola lágrima ni imaginaba verlas llorando jamás, porque eran estoicas por naturaleza.

Lo que le pasó a Joanna fue que nada más acabar el colegio se enamoró de un sacristán. La historia no salió bien. Pero Joanna decidió que ese sería el amor de su vida.

*... No es amor el amor*
*que se muda al hallar mudanza*
*o flaquea con la lejanía para alejarse.*

Todas sus nociones del honor y el amor procedían de la poesía. Estaba vagamente familiarizada con las categorías y subcategorías del amor, tanto del humano como del divino, y con sus diversos atributos, pero ese conocimiento provenía más bien de las conversaciones escuchadas en la rectoría cuando recibían allí la visita de algún clérigo con mentalidad de teólogo; era un aprendizaje de rango distinto al de las creencias populares del tipo «La gente que vive en el campo es más virtuosa», y ajeno al principio de que una buena chica solo debe enamorarse una vez en la vida.

Joanna pensaba que su afecto por el sacristán no merecería el apelativo de amor, si es que llegaba a buen término el afecto similar que empezó a sentir por otro sacristán, más adecuado y aún más guapo. Si admites que puedes cambiar el objeto de un sentimiento poderoso, socavas toda la estructura del amor y del matrimonio, y con ella toda la filosofía del soneto de Shakespeare; esta era la opinión aceptada, aunque tácita, de la rectoría y de sus elevadas estancias, cargadas de fervor religioso. Joanna refrenó sus sentimientos hacia el segundo sacristán, rebajándolos gracias al tenis y al esfuerzo bélico. No había dado la menor esperanza al segundo sacristán, pero lo añoró en silencio hasta un domingo en que le vio de pie ante el púlpito, anunciando su sermón sobre el evangelio:

*Por tanto, si tu ojo derecho te hace pecar, sácatelo y tíralo. Más te vale perder una sola parte del cuerpo y no que todo él vaya al infierno.*

*Y si tu mano derecha te hace pecar, córtatela y arrójala. Más te vale perder una sola parte del cuerpo y no que todo él vaya al infierno.*

Era la misa de tarde. En la iglesia había muchas chicas del barrio, algunas con el uniforme del Servicio Naval Femenino. Una en concreto tenía los ojos vueltos hacia el sacristán, con sus rosadas mejillas realzadas por la luz del atardecer que entraba por las vidrieras, y el pelo suavemente ondulado sobre el gorro del ejército. A Joanna le costaba imaginar que existiera un hombre más guapo que este segundo sacristán. Acababa de tomar los hábitos y estaba a punto de alistarse en el ejército. Era una primavera llena de preparativos y enigmas, pues se iba a abrir un segundo frente contra el enemigo, en África del Norte según unos, en los Países Nórdicos, el Báltico y Francia según otros. Entretanto, Joanna escuchaba atentamente al joven del púlpito, le escuchaba de modo obsesivo. Era moreno y alto, con un rostro cincelado de mirada profunda bajo unas cejas oscuras y bien perfiladas. En su ancha boca, Joanna veía un rasgo de generosidad y humor, la clase de generosidad y de humor propios del obispo que llevaba dentro. Era muy atlético. Este sacristán, al contrario que el anterior, pronto manifestó bien a las claras sus sentimientos por Joanna. Como primogénita del párroco que era, Joanna escuchaba a aquel hombre atractivo sin cambiar de postura ni manifestar el menor interés por él. No volvía el rostro para mirarle como hacía la bonita mujer del uniforme. El ojo derecho y la mano derecha, decía él, son recursos especialmente preciados para nosotros. Lo que dice la Biblia, explicaba, es que si algo especialmente valioso para nosotros se vuelve dañino… Como sabéis, la palabra griega que aparece es σκάνδαλον, empleada frecuentemente en las Sagradas Escrituras con la connotación de escándalo, ofensa o tropiezo, como cuando san Pablo dijo… Los campesinos, que eran mayoría en la congregación, le miraban con sus grandes ojos impávidos. En ese instante Joanna decidió arrancarse el ojo derecho, cortarse la mano derecha, pues era claramente dañino para su primer amor el tropiezo que representaba aquel adorable hombre del púlpito.

«Más te vale perder una sola parte del cuerpo y no que todo él vaya al infierno», tronaba la voz del cura. «El Infierno, por supuesto, es un concepto negativo. Pongámoslo en positivo. Dándole un matiz positivo, el texto diría: "Más te vale entrar tuerto en el Reino de los Cielos que no entrar"». Todo ello esperaba llegar a publicarlo en un volumen de sermones escogidos, pues aún era inexperto en muchos sentidos, aunque luego se curtiría en cierto modo como capellán del ejército.

Joanna, por tanto, había decidido entrar tuerta en el Reino de los Cielos. Aunque lo cierto es que no parecía tuerta, ni mucho menos. Consiguió un empleo en Londres y se instaló en el club May of Teck. En su tiempo libre se dedicaba a la elocución. Al final de la guerra comenzó a estudiar y se entregó a ello por completo. El mundo de la poesía sustituyó al mundo del sacristán, y para sacarse el diploma empezó a dar clases a seis chelines la hora.

*Los crueles soldados de la caballería*
*han matado a mi fauno, que pronto morirá.*

Nadie en el club May of Teck conocía del todo bien la historia de Joanna, pero se daba por hecho que tenía una trascendencia heroica. Se la comparaba con Ingrid Bergman, y era de las pocas que no intervenían en las discusiones entre las socias y empleadas sobre asuntos como si la comida engordaba mucho o poco, incluso estando como estaba racionada por la guerra.

# 3

En todas las habitaciones y dormitorios los dos temas preferidos eran el amor y el dinero. En primer lugar iba el amor, mientras que el dinero se consideraba algo subsidiario, imprescindible para cuidar el aspecto físico y para hacerse con los vales de ropa en el mercado negro a su precio oficial, que era de ocho cupones por una libra.

El club estaba en una amplia casa victoriana cuyo interior había sufrido muy pocos cambios desde los tiempos en que era un domicilio privado. En su distribución se parecía a la mayoría de las residencias femeninas, que ofrecían un ambiente respetable por un precio sensato, y que abundaban desde que la emancipación femenina empezara a forzar su aparición. Ninguna de las inquilinas del club May of Teck lo consideraba una residencia, salvo en momentos de desánimo tales como los experimentados por las socias jóvenes, cosa que solo les sucedía cuando un novio las abandonaba.

El sótano de la casa estaba ocupado por las cocinas, la lavandería, el horno y los depósitos de combustible.

En la planta baja estaban los despachos del personal, el comedor, la sala de juegos y el salón, recién empapelado en un color marrón parecido al barro. Por desgracia, el molesto papel había aparecido en grandes cantidades al fondo de un armario. De lo contrario, las paredes podían haber seguido siendo igual de grises y cochambrosas que antes, como las paredes del mundo entero.

Los novios de las socias podían cenar como invitados por un módico precio de dos libras y seis peniques. También estaba permitido recibir a las visitas en la sala de juegos, la terraza que comunicaba con ella y el salón, cuyas paredes de color barro resultaban tan tristonas en aquellos tiempos (pues las socias no sabían que, años después, muchas de ellas forrarían las paredes de sus propias casas con un papel de tono similar, que para entonces se habría convertido en un signo de elegancia).

Sobre esta zona, en el primer piso, donde en épocas previas de privados esplendores hubo un gran salón de baile, ahora había un gran dormitorio. La estancia estaba dividida en numerosos cubículos separados con cortinas. Allí vivían las socias más jóvenes, chicas entre los dieciocho y los veinte años, procedentes a su vez de los cubículos de los internados que salpicaban la campiña inglesa, chicas que sabían de sobra lo que era vivir en un dormitorio como aquel. Las inquilinas de esta planta aún no sabían hablar de hombres. Todo giraba en torno a si el hombre en cuestión bailaba bien y tenía sentido del humor. Como las Fuerzas Aéreas tenían mucho predicamento, la Cruz de Vuelo Distinguido daba una clara ventaja. En 1945 tener un historial en la batalla de Inglaterra, a ojos de las inquilinas del dormitorio del primer piso, equivalía a echarse años encima. Lo de Dunkerque era otras de esas cosas raras que hacían sus padres. Los que triunfaban de verdad con ellas eran los heroicos pilotos de la batalla de Normandía, dados a repantigarse en los cojines del salón del club. Con ellos el entretenimiento estaba asegurado:

—¿Os sabéis la historia de los dos gatos que se fueron a Wimbledon? Resulta que uno de los gatos convence al otro de ir a Wimbledon a ver el tenis. Al cabo de dos sets un gato le dice al otro: «La puñetera verdad es que me aburro. No consigo entender por qué te interesa tanto el deporte del tenis». Y el otro gato le contesta: «¡Pues porque mi padre le da *cuerda* al negocio!».

—¡Ay! —gritaban las chicas, tronchadas de risa ante la absurda creencia de que las cuerdas de raqueta se hacían con tripas de gato.

—Pero la historia no se acaba ahí. Detrás de los dos gatos se había sentado un coronel. Estaba viendo el tenis porque, en plena contienda bélica, no tenía nada que hacer. El caso es que el coronel en cuestión iba con su perro. Así que cuando los gatos se pusieron a hablar, el perro se volvió hacia el coronel y le dijo: «¿Has oído a esos dos gatos que tenemos delante?». «No, cállate», dijo el coronel. «Estoy viendo el partido.» «Vale», dijo el perro, que era un animal muy alegre. «Pensaba que te podían sorprender dos gatos que hablan.»

—Hay que ver —dijo esa noche una voz en el dormitorio—. ¡Qué sentido del humor tan fenomenal! —añadió con una risita alborozada.

En vez de unas chicas a punto de dormirse parecían unos pajarillos que acabaran de despertarse, porque «¡Qué sentido del humor tan fenomenal!» podría ser perfectamente la eufonía coral de las aves del parque cinco horas más tarde, si alguien se parase a escucharla.

Encima del dormitorio estaba el piso donde dormían las empleadas y las socias que podían permitirse un cuarto compartido en lugar de un simple cubículo. Estas mujeres, que dormían en habitaciones de cuatro camas, o incluso de dos, solían ser jóvenes de paso, o bien socias temporales que estaban buscando un piso o un apartamento individual. En la segunda planta vivían dos de las solteronas mayores, Collie y Jarvie, que llevaban ocho años compartiendo habitación, porque estaban ahorrando con vistas a la vejez.

Pero en el piso superior parecían haberse reunido, por una especie de acuerdo instintivo, la mayoría de las célibes; solteronas de carácter estable y edades variadas que habían optado por una vida no matrimonial, junto a varias más que estaban abocadas a acabar de igual modo, pero sin ser aún conscientes de ello.

Esta tercera planta contenía cinco dormitorios grandes, ahora convertidos mediante tabiques en diez pequeños. Sus inquilinas iban desde las jóvenes vírgenes monas y remilgadas, en quienes nunca se revelaría la mujer que llevaban dentro, hasta las marimandonas de veintitantos años, que eran demasiado hembras para rendirse jamás a un hombre. Greggie, la tercera de las solteronas mayores, tenía su habitación en este piso. Era la menos mona, pero la más simpática de todas.

En este rellano también tenía su habitación Pauline Fox, una joven chiflada que tenía la costumbre de arreglarse mucho algunas noches, poniéndose esos trajes largos que estuvieron de moda en los años inmediatamente posteriores a la guerra. También usaba esos largos guantes blancos que se llevaban entonces y se dejaba el pelo suelto, que le caía en bucles sobre los hombros. Estas noches solía decir que se iba a cenar con el famoso actor Jack Buchanan. Como nadie lo puso en duda abiertamente, su locura pasó inadvertida.

Allí estaba también la habitación de Joanna Childe, a quien se oía ensayar su elocución cuando la sala de juegos estaba ocupada:

*En primavera las flores*
*nos perfuman los dolores.*

En la parte superior de la casa, en el cuarto piso, era donde tenían sus habitaciones las chicas más atractivas, elegantes y divertidas. Todas tenían anhelos sociales variados y cada vez más intensos, conforme la paz iba entrando sigilosamente en sus vidas. Los cinco dormitorios superiores los ocupaban solamente cinco chicas. Tres de ellas tenían amantes, además de amigos a los que trataban con vistas al matrimonio, pero sin casarse con ellos. De las dos restantes, una estaba a punto de comprometerse y la otra era Jane Wright, una chica gorda pero con el atractivo intelectual que le daba el hecho de trabajar en una editorial. Mientras buscaba marido se entretenía con una serie de intelectuales jóvenes.

Encima de esta planta no había nada más que el tejado, antes accesible por el ventanuco que había en el techo del cuarto de baño, ahora un cuadrado de madera inútil desde que lo clausuraran tras la guerra, cuando entró por ahí un ladrón o bien un amante que atacó a una socia (aunque tal vez solo discutiera con ella, o, como mantenían algunas, se los encontraran a los dos metidos en la cama); sea como fuere, el incidente dejó tras de sí una leyenda poblada de gritos en la noche, y desde entonces la claraboya estaba cerrada a cal y canto. Los obreros que iban de vez en cuando a hacer alguna reparación en el tejado no tenían más remedio que subir por el desván del hotel contiguo. Greggie decía que se sabía la historia entera, porque del club lo sabía absolutamente todo. Es más, fue ella quien, inspirada por un súbito recuerdo, guio a la directora hacia el armario donde estaba aquel arsenal de papel color barro que ahora profanaba las paredes del salón, como desafiándolas a todas a plena luz del día. Las chicas del último piso se planteaban a menudo la posibilidad de salir a tomar el sol en la azotea, subiéndose a una silla para ver si de ese modo lograban abrir la trampilla. Pero la portezuela no se movía ni un centímetro, y de nuevo fue Greggie quien les explicó por qué. Cada vez que les contaba la historia, se las arreglaba para mejorarla.

—Si hubiera un incendio no podríamos salir —dijo Selina Redwood, que era extremadamente guapa.

—Es evidente que no sabes lo que dice el manual de emergencias —dijo Greggie.

Eso era cierto. Selina casi nunca cenaba en el club, de modo que jamás había oído las normas. El manual lo leía la directora cuatro veces al año después de cenar, y esas noches no estaba permitido traer invitados. Al fondo de la planta superior había una escalera de incendios con dos rellanos, que daba a una salida de emergencia en perfecto estado, y el edificio entero estaba dotado de cajas con los utensilios precisos para estos casos. En las noches sin invitados también se recordaba a las socias que no debían tirar cosas grandes al retrete, por los problemas que daban las cañerías antiguas y lo difícil que era conseguir un buen fontanero en los últimos tiempos. También se les recordaba que cuando daban un baile en el club tenían que dejarlo todo en su sitio. El hecho de que algunas socias se marcharan a la discoteca con su novio, pensando que ya recogería alguien todo lo que ellas habían desordenado, era algo que la directora, según decía, era incapaz de entender.

Selina, que nunca había asistido a ninguna de estas cenas con la directora, se había perdido todo aquello. Por su ventana se veía, a la misma altura que el último piso del club y tras los cañones de las chimeneas, la azotea compartida con el hotel contiguo, que habría sido ideal para tomar el sol. Ninguna de las ventanas de su cuarto daba al tejado, pero un día cayó en la cuenta de que sí se podía acceder a él por el ventanuco del cuarto de baño, una estrecha abertura que se había visto reducida aún más cuando, en algún momento de la historia del edificio, el muro donde estaba se subdividió para construir los aseos. Para ver el tejado había que subirse al retrete. Selina midió el ventanuco. Era un rectángulo de dieciocho centímetros de ancho por treinta y cinco de largo. Con un clásico modelo de bisagra.

—Estoy segura de que puedo colarme por la ventana del baño —le dijo a Anne Baberton, que ocupaba la habitación de enfrente.

—¿Por qué quieres colarte por la ventana del baño? —dijo Anne.

—Porque da al tejado. Es un saltito de nada.

Selina estaba delgadísima. En la planta de arriba el asunto del peso y las medidas tenía una enorme importancia. La capacidad o incapacidad de colarse por la ventana del baño sería una de esas pruebas usadas para demostrar que la política alimenticia del club hacía engordar a sus socias innecesariamente.

—Una decisión suicida —dijo Jane Wright.

Acomplejada por su gordura, Jane vivía siempre entre ansiosa y temerosa de la siguiente comida, decidiendo lo que podía comer y lo que debía dejarse en el plato, y tomando contramedidas por el hecho de que su trabajo en la editorial era básicamente intelectual, lo que significaba que su cerebro precisaba una alimentación más consistente que la del resto de la gente.

De las cinco socias de la planta superior, las únicas capaces de colarse por la ventana del baño eran Selina Redwood y Anne Baberton, y Anne solo lo conseguía desnuda y con el cuerpo embadurnado en margarina. Tras un primer intento en que se torció el tobillo al saltar y se hizo un rasguño al encaramarse para volver a entrar, Anne decidió que a partir de entonces usaría su ración de jabón para suavizarle la salida. El jabón lo tenían igual de racionado que la margarina, pero era un bien más preciado porque, al fin y al cabo, no engordaba. En cuanto a la crema hidratante, era demasiado cara para desperdiciarla en la aventura de la ventana.

Jane Wright no lograba entender por qué a Anne le preocupaba tanto sacarle tres centímetros y medio de cadera a Selina, si en cualquier caso estaba delgada y ya se había prometido en matrimonio. De pie sobre la tapa del retrete, le tiró a Anne su gastada bata verde para que se cubriera con ella el cuerpo enjabonado, y le preguntó qué tal se estaba en el tejado. Las otras dos chicas de esa planta iban a pasar todo el fin de semana fuera.

Anne y Selina estaban asomadas a una parte de la azotea que Jane no lograba ver. Al regresar le informaron de que desde allí se veía el jardín de atrás, donde Greggie estaba ofreciéndoles una visita guiada a dos de las nuevas socias. Les estaba enseñando el sitio donde cayó la bomba que no estalló y que tuvo que ser retirada por un equipo especial de la policía, operación durante la cual todas las socias se vieron obligadas a abandonar el edificio. Greggie también les enseñó el sitio donde, en su opinión, aún quedaba otra bomba que no había estallado todavía.

Las chicas volvieron a entrar en la casa.

—Greggie y sus intuiciones —dijo Jane, tan harta del asunto que le daban ganas de ponerse a gritar—. Esta noche hay tarta de queso —añadió—. ¿Cuántas calorías tendrá?

La respuesta, cuando lo miraron en el gráfico, era de aproximadamente trescientas cincuenta calorías.

—Luego hay compota de cerezas —dijo Jane—. Una ración normal son noventa y cuatro calorías, a no ser que le pongas sacarina, en cuyo caso son sesenta y cuatro calorías. Hoy ya llevamos más de mil calorías. Los domingos siempre pasa lo mismo. Solo el budín de pan con mantequilla ya tiene…

—Yo ni lo he probado —dijo Anne—. El budín de pan con mantequilla es puro suicidio.

—Lo que hago yo es comer un poquito de todo —dijo Selina—. Aunque me paso el día muerta de hambre, la verdad.

—Ya, pero es que yo hago una labor intelectual —dijo Jane.

Anne estaba paseando por el rellano, quitándose la margarina con una esponja.

—Además de la margarina, en esto me he gastado todo el jabón —dijo.

—Pues yo no te puedo prestar nada de jabón este mes —dijo Selina.

Selina tenía asegurado un lote de jabón todos los meses, gracias a un soldado americano que lo sacaba de un sitio llamado el Economato, donde había muchísimas cosas apetecibles. Pero Selina estaba haciendo acopio y por eso no le prestaba a nadie.

—Me trae sin cuidado tu puñetero jabón —dijo Anne—. Pero tú tampoco vuelvas a pedirme el tafetán.

Se refería al traje de noche de tafetán, un Schiaparelli que le había regalado una tía suya fabulosamente rica, después de ponérselo una sola vez. El maravilloso vestido, que siempre lograba crear un cierto revuelo, lo usaban todas las inquilinas del piso superior en ocasiones especiales, menos Jane, porque le quedaba pequeño. A cambio del préstamo, Anne conseguía una serie de cosas gratis, como vales para ropa o trozos de jabón a medio usar.

Jane regresó a su labor intelectual, cerrando la puerta con un rotundo clic. En esta cuestión era algo tiránica, y se pasaba el día quejándose del ruido de las radios en el rellano y de lo tontas que eran las discusiones con Anne cuando alguna de las chicas le pedía el vestido, dado que cada vez estaban más de moda las noches de largo.

—Para ir al Milroy no te lo puedes poner. En el Milroy ya lo han visto dos veces... Y en Quaglinos también lo tienen visto. Selina se lo puso una noche para ir al Quag's. La verdad es que ya lo conocen en todo Londres.

—Pero si me lo pongo yo parecerá otro vestido distinto, Anne. Y te daría una hoja entera de vales para caramelos...

—No me interesan tus malditos vales para caramelos. Si yo los míos se los doy todos a mi abuela...

Entonces Jane asomaba la cabeza por la puerta.

—Dejad de decir simplezas y no gritéis tanto —decía—. Así no hay quien piense.

Jane tenía un solo tesoro en su armario, una falda negra y una chaqueta a juego, sacados de un traje de noche de su padre. Después de la guerra, en Inglaterra quedaban pocos trajes de vestir que no hubieran sido sometidos a algún arreglo. Pero la valiosa prenda de Jane era demasiado grandona para prestársela a nadie; alguna ventaja tendría estar tan gorda. La naturaleza exacta de su labor intelectual era un misterio para las socias del club, porque al preguntarle sobre el asunto les recitaba de carrerilla una lista de prolijos detalles sobre costes, imprentas, listas, manuscritos, galeradas y contratos.

—Oye, Jane, deberías cobrarles la cantidad de tiempo libre que le dedicas a ese trabajo.

—El mundo de los libros es ante todo altruista —decía Jane.

Siempre se refería al negocio de la edición como «el mundo de los libros». Solía andar mal de dinero, así que probablemente tendría un sueldo escaso. Precisamente por querer ahorrar unos chelines para el contador de gas de la calefacción, no podía, según ella, ponerse a dieta en invierno, justo cuando había que mantener la habitación caliente además de alimentar el cerebro.

El club otorgaba a Jane, gracias a su labor intelectual y a su empleo en una editorial, un respeto considerable que se neutralizaba desde el punto de vista social cuando entraba en el vestíbulo, todas las semanas más o menos, un extranjero pálido y delgado, que claramente rebasada los treinta, vestido con un abrigo oscuro manchado de caspa, y que preguntaba en la entrada por la señorita Jane Wright, añadiendo siempre la frase: «Deseo verla en privado, por favor». Las secretarias corrieron la voz de que muchas de las llamadas de teléfono que recibía Jane eran de aquel hombre.

—¿Es el club May of Teck?

—Sí.

—¿Puedo hablar con la señorita Jane Wright, por favor? En privado.

En una de las ocasiones la secretaria que le atendió le dijo:

—Todas las llamadas que reciben las socias son privadas. No nos dedicamos a escuchar.

—Bien. De no ser así lo sabría, porque espero a oír el clic antes de empezar a hablar. Le ruego que lo tenga en cuenta.

A raíz de este incidente, Jane tuvo que pedir disculpas a las secretarias.

—Es extranjero —dijo—. Tiene que ver con el mundo de los libros. No es culpa mía.

Pero otro hombre distinto, y más presentable, también del mundo de los libros, había ido a ver a Jane recientemente. Tras hacerle pasar al salón, se lo presentó a Selina, a Anne y a la chalada de Pauline Fox, la que se vestía de tiros largos para ver a Jack Buchanan en sus noches lunáticas.

El hombre en cuestión, Nicholas Farringdon, era bastante simpático, aunque tímido.

—Es reservado —dijo Jane—. Nos parece listo, pero en el mundo de los libros es un recién llegado.

—¿Trabaja en una editorial?

—Todavía no. Es un recién llegado. Está escribiendo algo.

La labor intelectual de Jane era de tres tipos. En primer lugar, y en secreto, escribía una poesía de orden estrictamente no racional, compuesta —en proporción similar a la de las cerezas de una tarta— de palabras que ella describía como «de una naturaleza ardiente», tales como «entrañas y desvelos», «la raíz», «la rosa», «el sargazo» y «la mortaja». En segundo lugar, y también en secreto, escribía cartas en tono amistoso, pero con clara intención comercial, bajo los auspicios del pálido extranjero. En tercer lugar, y más abiertamente, a veces trabajaba un poco en su habitación, labor que se solapaba con sus responsabilidades diarias en la pequeña editorial.

En Huy Throvis-Mew Ltd. la única oficinista era ella. Huy Throvis-Mew era el dueño de la empresa, y la señora de Huy Throvis-Mew aparecía como directora en el membrete de las cartas. El nombre secreto de Huy Throvis-Mew era George Johnson, o al menos lo había sido durante varios años, aunque algunos de sus buenos amigos le llamaban Con y los más antiguos le llamaban Arthur o Jimmie. Sea como fuere, en la época de Jane se le conocía por el nombre de George, y ella era capaz de darlo todo por George, su jefe el de la barba blanca. Jane envolvía los libros, los llevaba a la oficina de correos o los repartía ella misma, contestaba el teléfono, preparaba el té, cuidaba al niño cuando Tilly, la esposa de George, se marchaba a ponerse en la cola de la pescadería, anotaba los ingresos en el libro de cuentas, mantenía dos versiones paralelas de los gastos generales y del resto de la contabilidad empresarial, y en última instancia era ella quien llevaba el pequeño negocio editorial. Al cabo de un año George le permitió hacer de detective con algunos de los autores nuevos, labor que consideraba esencial para la buena marcha del negocio editorial, y le encargó investigar su situación económica y carencias psicológicas, para así poder sacarles el máximo beneficio.

Al igual que su costumbre de cambiarse el nombre cada cierto tiempo, cosa que hacía con la sola esperanza de mejorar su suerte, esta práctica de George era bastante inocente, pues nunca lograba descubrir toda la verdad sobre ningún autor, como tampoco le sirvieron nunca de nada sus investigaciones. Sin embargo, aquel era el sistema que seguía, y sus maquinaciones daban una cierta emoción al trabajo de cada día. En otra época esas pesquisas básicas las había hecho él mismo, pero en los últimos tiempos había decidido que tal vez tuviera más suerte si le encomendaba a Jane seguir al autor más reciente. Un envío de libros destinados a George le había sido confiscado en el puerto de Harwich, y los magistrados locales tenían orden de quemarlos por su obscenidad, lo que hacía que George se sintiera poco afortunado en aquel preciso momento.

Por otra parte, gracias a Jane se ahorraba los gastos y el agotamiento nervioso que implicaban los cordiales almuerzos con escritores imprevisibles, durante los que se lograba determinar quién sufría un caso de paranoia grave. Entre unas cosas y otras, resultaba más conveniente dejar que hablaran con Jane en una cafetería, o en la cama, o donde fuera que a ella se le antojara llevarlos. Bastante angustioso le resultaba ya a George tener que esperar a recibir sus informes. Estaba convencido de que Jane le había librado en numerosas ocasiones de pagar más de lo necesario por un libro, como cuando le informaba de que algún escritor tenía una necesidad urgente de dinero en metálico, o cuando le decía exactamente qué parte del manuscrito era la que fallaba —generalmente la que le proporcionaba un mayor orgullo al autor—, para propiciar una menor resistencia, por no hablar del derrumbe total, del autor en cuestión.

George había obtenido tres esposas jóvenes en rápida sucesión gracias a su tenaz elocuencia sobre el mundo de los libros, que ellas consideraban un tema elevado —fue él quien abandonó a las dos anteriores, no ellas a él—, y jamás se había arruinado, a pesar de que a lo largo de los años había emprendido varias modalidades confusas de reconstrucción empresarial, circunstancia que a sus acreedores debía de suponerles una excesiva inquietud legal, puesto que ninguno lo había llevado aún los tribunales.

En estos momentos le interesaba mucho la experiencia de Jane en el manejo de un autor literario en concreto. En contraste con la verborrea que desplegaba con su esposa Tilly junto a la chimenea, a Jane le daba en la editorial unos consejos muy cautelosos, pues en lo crepuscular de su mente tenía la vaga noción de que los autores eran tan astutos como para hacerse invisibles, y podían llegar incluso a remansarse bajo las sillas de las editoriales.

—Verás, Jane —decía George—. Estas tácticas mías constituyen una parte esencial de la profesión. Todos los editores las usan. Y las grandes firmas también lo hacen, casi de forma automática. Los peces gordos se pueden permitir el lujo de hacerlo así, automáticamente, sin trabajárselo a conciencia como hago yo, porque tienen demasiado que perder. A mí me ha tocado discurrir cada paso sin ayuda de nadie, pero teniendo muy claro todo lo referente a los autores. En edición uno se enfrenta a una materia prima cargada de temperamento.

Acercándose a un rincón del despacho, apartó la cortina que ocultaba el perchero, lo atisbó durante unos segundos y volvió a cubrirlo, diciendo:

—Si piensas seguir trabajando en el mundo de los libros, Jane, siempre debes considerar a los autores como tu materia prima.

Ella, por su parte, estaba convencida de ese particular. Ahora le habían encargado inspeccionar a Nicholas Farringdon. Según George, apostar por él suponía un tremendo riesgo. Jane calculaba que debía de tener poco más de treinta años. De momento era considerado un poeta de talento escaso, y un anarquista de dudosa lealtad a la causa; pero al principio Jane ni siquiera estaba al tanto de esos pequeños detalles. Había traído a George un fajo mustio de páginas mecanografiadas, sueltas en una carpeta marrón. El título de aquello era *Los cuadernos sabáticos*.

En ciertos aspectos cruciales, Nicholas Farringdon era distinto de los otros escritores a los que había conocido. Destacaba, sin evidenciarlo de momento, en que se sabía investigado. Jane también observaba en él una mayor arrogancia e impaciencia que la de otros autores de tipo intelectual. Por eso le parecía más atractivo.

De momento, nuestra chica se había apuntado un tanto con el intelectualísimo autor de *El simbolismo de Louisa May Alcott*, que George estaba vendiendo muy bien y muy rápido, en determinados ámbitos, gracias a su notorio componente lésbico. También había tenido un cierto éxito con Rudi Bittesch, el rumano que solía ir a verla al club.

Pero Nicholas había logrado desconcertar más de lo normal a George, que se mostraba incapaz de decidir entre su admiración por un libro que no lograba entender y su miedo a que resultara un fracaso. En cuanto a Nicholas, tras habérselo encomendado a Jane para que lo pusiera en tratamiento, George pudo al fin pasar las noches quejándose a Tilly por estar en manos de un escritor vago, irresponsable, insufrible y astuto.

En un momento de inspiración, Jane le había preguntado una vez a un escritor:

—¿Cuál es tu *raison d'être*?

Aquella estrategia le funcionó maravillosamente. Por eso decidió ensayarla con Nicholas Farringdon cuando se dejó caer por la editorial para preguntar por su manuscrito, un día en que George estaba «reunido», es decir, bien escondido en la habitación del fondo.

—¿Cuál es su razón de ser, señor Farringdon?

La respuesta de él fue una mueca algo abstracta, como si Jane fuese un altavoz averiado.

En otro de sus momentos de inspiración Jane le invitó a cenar en el club May of Teck, cosa que aceptó con una humildad considerable, obviamente debida al interés por su libro. Ya se lo habían rechazado diez editoriales, como ocurría, por lo demás, con la mayoría de los libros que caían en manos de George.

Gracias a su visita, Jane ganó terreno en el club. No se le había pasado por la cabeza que su invitado pudiera reaccionar con tanto entusiasmo. Mientras Nicholas se tomaba un Nescafé sin leche en el salón, en compañía de Jane, Selina, la pequeña y morena Judy Redwood y Anne, el escritor miró a su alrededor y esbozó una sonrisa complacida. Jane había elegido a sus acompañantes de esa noche con el instinto de una alcahueta experimental. Al caer en la cuenta del alcance de su éxito se arrepintió y alegró a partes iguales, pues, por lo que había oído, no estaba claro si Nicholas era de esos a los que les gustaban los hombres, y ahora al menos sabía que le iban los dos sexos. Las largas e insuperables piernas de Selina se organizaron en diagonal desde las profundidades de la butaca en que estaba apoltronada con aire de ser la única mujer presente que podía permitirse el lujo de apoltronarse. En el apoltronamiento de Selina había algo que recordaba a la grandeza de una reina. Mientras escudriñaba a Nicholas con aire regio, él se dedicaba a pasear la mirada por la habitación, observando a los grupos de chicas que charlaban aquí y allá. Por las puertas abiertas de la terraza entraba el frescor de la noche, momento en que les llegó de la sala de juegos la voz de Joanna, que estaba dando una de sus clases de elocución:

*Recordé a Chatterton, el prodigio aquel*
*cuyo recio espíritu murió por su altivez,*
*embozado en la gloria y el placer,*
*tras su yugo no pensó jamás volver.*

*Divinos nos hacía el valer*
*a los poetas nacidos con ventura,*
*llevados al hastío y la locura.*

—Ojalá vuelva al «Naufragio del *Deutschland*» —dijo Judy Redwood—. A Hopkins lo borda.

—Recuerda que el énfasis va en Chatterton, seguido de una breve pausa —se oyó decir a Joanna.

Y la alumna de Joanna recitó:

—*Recordé a Chatterton, el prodigio aquel.*

\*

El nerviosismo en torno al ventanuco duró lo que quedaba de tarde. La labor intelectual de Jane continuaba con el trasfondo de las voces procedentes de la gran habitación donde estaban los aseos. Ya habían vuelto las otras dos inquilinas del piso superior, tras pasar el fin de semana con la familia en el campo. Una era Dorothy Markham, la sobrina pobre de lady Julia Markham, presidenta del comité del club, y la otra Nancy Riddle, una de las numerosas hijas de cura que habían pasado por la institución. Como Nancy quería quitarse el acento de la zona de las Midlands, daba clases de elocución con Joanna.

Jane, concentrada en su labor intelectual, supo por las voces que llegaban del cuarto de baño que Dorothy Markham había conseguido escabullirse por la ventana. Dorothy tenía noventa y tres centímetros de cadera y solo setenta y nueve de pecho, cosa que no la desanimaba, pues pensaba casarse con uno de los tres hombres de su séquito a quienes les gustaban las mujeres de cuerpo aniñado y, sin saber tanto del asunto como su tía, Dorothy era consciente de que su cuerpo sin caderas ni pecho siempre gustaría a ese tipo de hombre que se sentía más cómodo con una mujer escurrida. Dorothy era capaz de emitir, a cualquier hora de la noche o el día, una cháchara de colegiala que animaba a deducir que cuando no estaba hablando, comiendo o durmiendo, sencillamente no pensaba en nada, salvo en sus típicos latiguillos: «Una comida bestial». «Qué boda tan fenomenal.» «Parece ser que él la violó y ella se quedó pasmada.» «Una película atroz.» «Estoy asquerosamente bien, gracias. ¿Y tú?»

Su voz, que venía del cuarto de baño, distrajo a Jane.

—Maldita sea. Me he manchado de hollín. Estoy hecha una asquerosidad.

Abriendo la puerta de Jane sin llamar, asomó la cabeza y dijo:

—¿Tienes un poquillo de jaboncillo?

Varios meses después volvió a aparecer en la puerta de Jane y anunció:

—Qué espanto. Estoy *embarazosa*. Vente a la boda.

Cuando le pidió que le prestara su jabón, Jane dijo:

—¿Me dejas quince chelines si te los devuelvo el viernes?

Era su recurso de emergencia para librarse de alguien cuando estaba en plena labor intelectual.

A juzgar por el ruido, era evidente que Nancy Riddle se había quedado atascada en la ventana y se estaba poniendo histérica. Pero al fin lograron sacarla y tranquilizarla, como atestiguaba la gradual sustitución de las vocales de las Midlands por las vocales inglesas en las voces procedentes del cuarto de baño.

Jane siguió con su trabajo, diciéndose que debía seguir en la lucha. El club entero usaba la misma expresión a todas horas, procedente de las chicas vírgenes de los internados, que la habían aprendido a su vez de los soldados.

De momento, Jane había dejado de leer el manuscrito, que tenía su intríngulis. De hecho aún no había captado el tema del libro, cosa necesaria para elegir el fragmento concreto que se iba a poner en tela de juicio, aunque ya se le había ocurrido el comentario que pensaba sugerirle a George para que se lo dijera al autor: «¿No te parece que esta parte resulta algo *derivativa*?». La idea era fruto de un momento de inspiración.

Pero ahora tenía el libro relegado. En ese momento estaba dedicada a un serio trabajo adicional, por el que además le pagaban. El asunto tenía que ver con Rudi Bittesch, a quien odiaba en aquella etapa concreta de su vida, por su aspecto poco atractivo. Aparte de todo lo demás, era demasiado mayor para ella. Cuando se deprimía procuraba recordar que solo tenía veintidós años, porque la idea siempre conseguía animarla. Ojeó la lista de autores famosos que le había dado Rudi, con las direcciones correspondientes, para ver quién le faltaba. Sacó una cuartilla y escribió la dirección de la casa de campo de su tía abuela, seguida de la fecha. A continuación puso:

Querido señor Hemingway:
Le envío esta carta a su editorial con la convicción de que se la harán llegar.

Aquel era un preámbulo aconsejable, según Rudi, porque a veces los editores recibían instrucciones de abrir las cartas de los autores y tirarlas a la basura si el contenido no parecía tener ningún interés comercial, pero este comienzo, leído por un editor, tal vez lograra «llegarle al corazón». En cuanto al resto de la carta, lo podía escribir ella a su completo antojo. Tras esperar unos instantes a que le llegara la inspiración, Jane escribió:

Estoy segura de que recibirá muchas cartas entusiastas y por ello he dudado antes de añadir una más a su buzón. Pero desde que salí de la cárcel, donde he pasado los últimos dos años y cuatro meses de mi vida, cada vez me parece más importante que sepa lo mucho que han significado sus novelas para mí durante todo ese tiempo. En prisión recibía pocas visitas. Las escasas horas de ocio que tenía cada semana las pasaba en la biblioteca. Por desgracia, en la sala no había calefacción, pero la lectura me ayudaba a entrar en calor. Ningún libro me dio tanto ánimo para afrontar el futuro y forjarme una nueva vida al salir como *Por quién doblan las campanas*. Su novela me devolvió las ganas de vivir.

Solo quería hacérselo saber y darle las gracias.

Sinceramente,
(Señorita) J. Wright

P.D.: Esta carta no es para pedirle nada. Le aseguro que si optara por enviarme dinero, no dudaría en devolvérselo.

En caso de que la carta le llegara, era posible que Hemingway le respondiera de su propia mano. Era más fácil obtener contestación con una misiva enviada desde la cárcel o el manicomio que con un texto más clásico, pero además había que saber elegir un escritor «con corazón», como decía Rudi. Los escritores sin corazón no solían responder, y si lo hacían, escribían a máquina. Por una carta escrita a máquina y firmada, Rudi pagaba dos chelines si el autógrafo en cuestión escaseaba, pero si la firma del autor era fácil de conseguir y la carta se limitaba a una simple respuesta formal, no pagaba nada. En el caso de una carta manuscrita daba cinco chelines por la primera página y un chelín por cada una de las siguientes. Jane debía agudizar el ingenio, por tanto, para dar con el tipo de carta que llevara al destinatario a responder con un texto totalmente hológrafo.

Lo que sí pagaba Rudi era el papel de escribir y los sellos. Decía que las cartas le interesaban «por motivos sentimentales, para tenerlas en mi colección». Era cierto, porque Jane había visto la colección con sus propios ojos. Pero sospechaba que las conservaba pensando que su valor aumentaría año tras año.

—Si las escribo yo, me salen menos auténticas y no consigo ninguna respuesta interesante. Además, el inglés que hablo yo no es el mismo que el de una joven inglesa como tú.

Jane también hubiera querido tener su propia colección, pero como le hacía falta el dinero que se ganaba con las cartas, no podía permitirse el lujo de guardarlas con vistas al futuro.

—Jamás pidas dinero en tus cartas —le advirtió Rudi—. No saques el tema del dinero. Podrían acusarte de cometer un delito de estafa.

Pero en uno de sus momentos de inspiración, a Jane se le ocurrió lo de añadir la posdata, por si acaso.

Al principio le preocupaba que alguien descubriera su treta y acabara metiéndose en un lío. En cuanto a eso, Rudi la tranquilizó.

—Tú dices que es una pequeña broma. No es un delito. Además, ¿quién se va a poner a hacer comprobaciones? ¿Crees que Bernard Shaw se va a dedicar a hacerle preguntas sobre ti a tu anciana tía? Bernard Shaw es un hombre célebre.

Bernard Shaw, de hecho, había resultado decepcionante. Respondió a la carta de Jane con una postal escrita a máquina:

Gracias por su carta alabando mis escritos. Ya que dice que la han consolado de sus desgracias, no abundaré en mis comentarios personales. Y puesto que dice no querer dinero, no le enviaré mi firma hológrafa, que tiene un cierto valor. G. B. S.

Las iniciales también estaban a máquina.

Con el tiempo, Jane había ido ganando experiencia en el asunto. Con su carta sobre un hijo ilegítimo consiguió una amable respuesta de Daphne du Maurier, por la que Rudi pagó el precio estipulado. Con algunos autores lo que funcionaba era una pregunta sobre algún asunto académico como la intención subyacente. Un día, en un momento de inspiración, Jane escribió una carta a Henry James y se la mandó al Ateneo.

—Eso que hiciste fue una bobada, la verdad, porque James está muerto —dijo Rudi.

—¿Te interesa una carta de un escritor llamado Nicholas Farringdon? —le preguntó ella.

—No —dijo él—. A Nicholas Farringdon le conozco. No vale nada. Lo más probable es que jamás llegue a ser un escritor célebre. ¿Qué ha escrito?

—Un libro llamado *Los cuadernos sabáticos.*

—¿Es de tema religioso?

—Bueno, él dice que es sobre filosofía política. Consiste en una serie de notas y pensamientos.

—El título tiene un cierto tufillo a religión. Ese hombre acabará convertido en un catolicón devoto del Papa. Ya lo predije yo antes de la guerra, por cierto.

—Pues es un hombre con muy buena pinta.

Jane odiaba a Rudi, que no era nada atractivo. Tras poner la dirección y el sello a la carta de Ernest Hemingway, lo marcó en la lista como «Hecho», y anotó la fecha junto al nombre. Ya no se oían las voces de las chicas en el cuarto de baño. La radio de Anne cantaba:

*En el Ritz cenaban los ángeles*
*y en Berkeley Square cantaba un ruiseñor.*

Eran las seis y veinte. Tenía tiempo para escribir otra carta antes de cenar. Jane repasó la lista.

Querido señor Maugham,
Le envío esta carta a su club con la convicción…

Tras pararse a pensar, Jane se comió una onza de chocolate para mantener activo el cerebro durante el tiempo que le quedaba antes de la cena. Podía ser que a Maugham no le gustaran las cartas carcelarias. Rudi le había contado que tenía una opinión muy cínica de la humanidad. En un momento de inspiración recordó que Maugham había sido médico. Quizá fuera buena idea escribirle desde un sanatorio. En este caso podía llevar dos años y cuatro meses enferma de tuberculosis. Al fin y al cabo, era una dolencia imposible de atribuir al género humano y, por tanto, incapaz de inspirarle ningún cinismo. Mientras lo meditaba le empezaron a entrar remordimientos por haberse comido el chocolate y dejó lo que quedaba al fondo de un estante del armario, como quitándoselo de la vista a un niño pequeño. La voz de Selina desde el cuarto de Anne pareció confirmar el acierto de esconder el chocolate así como la equivocación de haberse comido un trozo. Entre tanto, Anne había apagado la radio y se oía a las dos chicas hablando. Selina estaría echada en la cama de Anne con su languidez de siempre, lo que se confirmó cuando Selina empezó a repetir, con lentitud y solemnidad, las Dos Frases.

Las Dos Frases eran un sencillo ejercicio nocturno prescrito por la Instructora Jefe del Cursillo de Compostura que había estado estudiando Selina en los últimos tiempos, por correspondencia, en doce lecciones, y que le había costado cinco guineas. El cursillo recomendaba firmemente la autosugestión y aconsejaba a la mujer trabajadora que quisiera mantener la compostura repetir dos veces al día las dos siguientes frases:

La compostura es el equilibrio perfecto, una ecuanimidad del cuerpo y la mente, una serenidad perfecta en cualquier entorno social.

Vestimenta elegante, limpieza inmaculada y modales perfectos contribuyen a lograr la seguridad en una misma.

Hasta Dorothy Markham interrumpía su cháchara durante unos segundos, a las ocho y media de la mañana y a las seis y media de la tarde, por respeto a Selina. Todo el piso de arriba le guardaba respeto. Al fin y al cabo, el asunto le había costado cinco guineas. Los dos pisos inferiores se mostraban indiferentes. Pero las chicas salían de los dormitorios al rellano a escuchar, atónitas, aquella palabrería que se aprendían con alegre ferocidad, para hacer reír a sus novios los soldados como descosidos, pues esa era la expresión que usaban en sus círculos. Por otra parte, las chicas de los dormitorios tenían envidia de Selina, porque sabían que jamás alcanzarían su categoría en cuanto a la apariencia física.

Ya hacía un buen rato que las Frases habían dejado de oírse cuando Jane puso fuera de su vista y de su alcance lo que le quedaba de chocolate. Entonces siguió escribiendo la carta. Jane llevaba ya bastante tiempo con tuberculosis. Soltando una tosecilla, paseó la mirada por la habitación: un lavabo, una cama, una cómoda, un armario, una mesa con una lámpara, una silla de mimbre, una silla de madera, una estantería, una estufa de gas y un contador para medir su consumo, chelín a chelín. Por un instante, a Jane le dio la impresión de estar realmente en la habitación de un sanatorio.

—La última vez —dijo la voz de Joanna desde el piso de abajo.

Estaba dando clase a Nancy Riddle, que en ese preciso momento parecía estar empezando a dominar las vocales inglesas básicas.

—Y una vez más —dijo Joanna—. Tenemos el tiempo justo antes de cenar. La primera estrofa la leo yo y tú me sigues.

*Hileras de manzanas en el desván*
*y la luz que una claraboya deja entrar.*
*Manzanas de color aguamar*
*y una nube sobre la luna otoñal.*

# 4

Estábamos en julio de 1945, tres meses antes de las elecciones generales.

*Bajo las sombrías vigas, hileras de manzanas*
*que sobre el corvo suelo atraen la luna temprana.*
*Cada manzana luce cual luna vana.*
*Y bajo la escalera, ay, no suena nada.*

—Ojala vuelva al «Naufragio de *Deutschland*» —insistió Judy.

—¿Tu crees? A mí me gusta «Manzanas a la luz de la luna» —respondió alguien.

En este momento Nicholas Farringdon se hallaba en su trigésimo tercer año de vida. Tenía fama de anarquista, pero en el club May of Teck nadie se lo acababa de creer, dado lo corriente de su aspecto. Es decir, tenía la apariencia algo disipada del bala perdida procedente de una buena familia inglesa, cosa que era, por cierto. A mediados de la década de 1930 abandonó Cambridge. Sus hermanos —dos contables y un dentista— lo describían como «un poco desastre, la verdad», algo que no sorprendía a nadie.

Para saber más de él, Jane Wright acudió a Rudi Bittesch, que le había frecuentado durante toda la década de 1930.

—No pierdas el tiempo con él —le dijo Rudi—. Es una calamidad. Le conozco bien. Es muy amigo mío.

Parecía ser que, antes de la guerra, Nicholas se debatió entre vivir en Inglaterra o en Francia, pero fue incapaz de decidirse, cosa que le sucedía también con las mujeres y los hombres, pues había vivido apasionados intervalos amatorios con miembros de ambos sexos. De igual modo, le costaba escoger entre suicidarse o acometer un plan igualmente drástico, en el que tenía que ver un tal padre D'Arcy. Según le explicó Rudi, el susodicho era un filósofo jesuita especialista en tratar de convertir a los intelectuales británicos, con exclusividad absoluta. Nicholas había sido pacifista hasta que estalló la guerra, y entonces se alistó en el ejército.

—Le vi un día en Picadilly, vestido de uniforme —dijo Rudi—. Y va y me cuenta la historia de que la guerra le ha traído la paz. Entonces deja el ejército, después de pasar por el psicoanálisis, una patraña, y se mete en el servicio de inteligencia. Los anarquistas le dan por perdido, aunque él se considera anarquista, por cierto.

En vez de predisponer a Jane contra Nicholas Farringdon, los retazos biográficos aportados por Rudi le dotaban de una aureola heroica que Jane encontraba irresistible, cosa que logró contagiar a las chicas del piso superior.

—Tiene pinta de genio —decía Nancy Riddle.

Nicholas tenía la costumbre de decir: «Cuando sea famoso…» al hablar de su futuro lejano, con la misma alegre ironía que el conductor de autobús de la línea 73 iniciaba sus peroratas sobre la Ley del Suelo: «Cuando llegue al poder…».

Jane enseñó a Rudi el manuscrito de *Los cuadernos sabáticos*, título inspirado en el pasaje bíblico que decía: «El sábado se hizo para el hombre, no el hombre para el sábado».

—Si George piensa publicar algo así, es que se ha vuelto loco —dijo Rudi cuando le devolvió el manuscrito.

Estaban los dos sentados en la sala de juegos del club donde, esquinada junto a los ventanales abiertos al jardín, una joven tocaba escalas al piano con todo el estilo que era capaz de aportarles. El lejano tintineo recordaba a una caja de música y se entremezclaba con los demás sonidos dominicales lo bastante como para no importunar a Rudi mientras leía en voz alta, con su inglés extranjero, fragmentos del libro de Nicholas, con la clara intención de demostrarle algo a Jane. Lo hacía como ese comerciante de paños que vende su mejor género sacando unos retales de calidad inferior, animando al cliente a tocarlos y pronunciarse sobre el asunto, mientras él se encoge de hombros y aparta las telas con un gesto de desprecio. Jane, convencida de que Rudi tenía algo de razón al criticar lo que iba leyendo, estaba de hecho fascinada por la personalidad de Farringdon, que Rudi le iba esbozando con sus dispersos comentarios. Nicholas era el único intelectual pasable que había conocido en su vida.

—No es ni bueno ni malo —dijo Rudi, inclinando la cabeza a izquierda y derecha al hablar—. Es pura mediocridad. Recuerdo que esto lo escribió en 1938, en una época en que su acompañante de turno era de sexo femenino. Una mujer pecosa, anarquista y pacifista. Por cierto, escucha esto —añadió, volviendo a leer en voz alta:

X está escribiendo una historia del anarquismo. El anarquismo propiamente dicho no tiene una historia como la que X pretende desarrollar, es decir, dotada de una continuidad y un sentido. Se trata de un movimiento popular espontáneo, asociado a una época y unas circunstancias concretas. Una historia del anarquismo no sería análoga a una historia política, pues se parece más bien al latido de un corazón. Pueden hacerse descubrimientos sobre el asunto, pueden variar las condiciones y las reacciones subsiguientes, pero no hay nada nuevo en sí.

Jane estaba pensando en la novia pecosa con la que Nicholas se acostaba en aquel entonces, y por unos instantes los imaginó metiéndose en la cama con *Los cuadernos sabáticos*.

—¿Qué fue de su novia? —dijo Jane.

—No es que esto sea malo —dijo Rudi—. Pero no es una verdad tan grandiosa como para plantarla tan grandiosamente sobre el papel, y en un solo párrafo, por cierto. Fabrica epigramas como si le diera pereza escribir el ensayo correspondiente. Escucha esto…

—¿Qué fue de esa chica? —dijo Jane.

—La metieron en la cárcel por pacifista, creo, no lo sé —dijo él—. Si yo fuera George, no tocaría ese libro ni de lejos. Escucha esto…

Todo comunista tiene un rictus fascista; todo fascista tiene una sonrisa comunista.

—¡Ja! —dijo Rudi.

—Pues a mí me parece una idea muy profunda —dijo Jane, puesto que era la única frase que le sonaba.

—Por eso la ha metido. Sabiendo que el maldito libro tiene que lograr hacerse con un público, el muy listo le mete unos cuantos aforismos, de esos que os gusta oír a las chicas como tú, por cierto. Esto no significa absolutamente nada. ¿Qué sentido tiene?

A Rudi se le oía más de lo que hubiera querido, dado que la chica del piano se estaba tomando un descanso.

—No nos pongamos nerviosos —dijo Jane, alzando la voz.

La pianista empezó con otra serie de tintineos fragmentados.

—Mudémonos al salón —dijo Rudi.

—No, que esta mañana está lleno de gente —dijo ella—. En el salón no hay un solo rincón tranquilo.

A Jane no le apetecía demasiado exponer a Rudi ante las socias del club.

Las escalas de piano subían y bajaban interminablemente. De la ventana de arriba salía la voz de Joanna dando una clase de elocución a la señorita Harper, la cocinera, que tenía un rato libre antes de ponerse a hacer la carne asada del almuerzo del domingo.

—Escucha esto —decía Joanna.

*¡Ah, hastiado girasol*
*que cuentas los pasos del sol,*
*en pos del gualdo calor dulzón*
*donde el viajero al fin arribó!*

—Ahora te toca a ti —decía Joanna—. La tercera línea es muy lenta. Piensa en el gualdo calor dulzón al recitarla.

*¡Ah, hastiado girasol...*

Las locuaces chicas de los dormitorios salían del salón y se iban desparramando por la terraza, y al hablar parecían recitar el parlamento de las aves de Chaucer. Las diminutas notas de las escalas sonaban una tras otra, obedientemente.

—Escucha esto —dijo Rudi:

Convendría recordar a la gente hasta qué punto ha caído el mundo en desgracia y cuán patético ha sido el batacazo. Tanto, que hoy está regido por políticos, pese a que el sentimiento de las gentes, tanto si es de consuelo matutino como de temor vespertino...

—¿Has visto lo que dice, eso de que el mundo ha caído en desgracia? Ahí está la explicación de que el tipo no sea anarquista, por cierto. Lo echaron cuando empezó a hablar como si fuera un hijo del Papa. Este hombre es un puro caos que dice ser anarquista. Pero los anarquistas no se dedican a hablar sobre el pecado original y demás. Solo les están permitidas las tendencias antisociales, la conducta amoral y demás. Nick Farringdon es un diversionista, por cierto.

—Una vez más —se oyó decir a Joanna.

*¡Ah, hastiado girasol...*

—Escucha esto —dijo Rudi:

No obstante, aprovechemos nuestro momento, nuestra oportunidad. No necesitamos un Gobierno. No necesitamos una Cámara de los Comunes. El Parlamento habría que disolverlo de una vez por todas. Nuestro movimiento se podría organizar empleando la monarquía como ejemplo de la dignidad inherente al libre intercambio de prioridades y favores cuando no existe el poder; las iglesias deberían estar consagradas a las necesidades espirituales del pueblo; la Cámara de los Lores usada para debates y consejos; y las universidades dedicadas a solucionar consultas. No necesitamos instituciones superiores. Los asuntos sociales corrientes se podrían encomendar a los consejos locales de cada ciudad, pueblo o municipio. Los asuntos internacionales podrían encomendarse a un grupo de representantes diversos, sin una capacitación profesional. No necesitamos políticos profesionales interesados únicamente en el poder. El tendero, el médico, el cocinero y todo el resto de la gente podrían trabajar por su país igual que lo hacen los miembros de un jurado. Podríamos estar gobernados solamente por la voluntad corporativa del alma humana. Lo que está caduco es el Poder, no las instituciones por su incompetencia, como nos hacen creer.

—Te hago una pregunta —dijo Rudi—. Es una pregunta sencilla. El hombre este defiende la monarquía, pero también la anarquía. ¿Qué es lo que quiere, en realidad? Estamos ante los dos grandes enemigos de la historia mundial. La respuesta es sencilla: este hombre es un caos.

—¿Qué edad tenía ese niño de la carretilla que sale en el libro? —dijo Jane.

—Y una vez más —se oyó la voz de Joanna en la ventana de arriba.

Dorothy Markham había salido a la soleada terraza a hablar con las chicas. Les estaba contando una historia apasionante.

—… la única vez que un hombre me dio un empellón me quedé espantada. ¡Menudo bestia!

—¿Dónde te diste al caer al suelo?

—¿Tu dónde crees?

La chica del piano dejó de tocar y dobló la partitura con la seriedad que correspondía a la ocasión.

—Me marcho —dijo Rudi, mirando el reloj—. Voy a tomar una copa con uno de mis contactos.

Poniéndose en pie, volvió a hojear por última vez las páginas escritas a máquina, y luego le dio el manuscrito a Jane, mientras decía con voz apesadumbrada:

—Nicholas es amigo mío, pero siento decirte que es un pensador que no aporta nada, la verdad. Mira, escucha esto:

Hay algo de cierto en la noción popular de que el anarquista es ese hombre asilvestrado que lleva una bomba casera en el bolsillo. Hoy en día esa bomba, fabricada en el cuarto trasero de la imaginación, se puede describir con una sola palabra: ridiculez.

—«Se puede describir» está mal dicho —dijo Jane—. Es «puede describirse», con el verbo en forma pronominal. Tendré que cambiarlo, Rudi.

*

Ahí se quedó el retrato del mártir adolescente que le sugirieron hacer a Jane un domingo por la mañana, entre armisticio y armisticio, cuando toda la buena gente era pobre, en 1945. Jane, que con los años daría al asunto toda una variedad de sesgos, en aquel entonces solo creía haber entrado en contacto con un ser temerario, intelectual y bohemio, encarnado en Nicholas. En su opinión, la actitud desdeñosa de Rudi le hacía perder puntos. Conociéndole lo suficiente como para no tenerle el menor respeto, se quedó atónita al saber que, en efecto, Nicholas y él habían tenido algo semejante a una amistad, que aún conservaban.

Entretanto, Nicholas logró impresionar vagamente a las señoritas de escasos medios del club, y viceversa. Aún no había pasado ninguna tórrida noche veraniega con Selina en la azotea, a la que él salía por el desván del hotel contiguo, requisado por los americanos, y ella por el ventanuco del club; y Nicholas aún no había presenciado aquella tragedia tan impresionante que le obligaría a hacer un gesto tan desacostumbrado como santiguarse. Por aquel entonces, Nicholas aún trabajaba en una de esas secciones que el Ministerio de Exteriores llevaba con una mano izquierda totalmente desconocida por la mano derecha. La sección formaba parte de la llamada «Inteligencia», y tras el desembarco de Normandía, a Nicholas se le asignaron varias misiones en Francia. Sin embargo, una vez acabada la guerra, en su sección quedaba ya poco pendiente, salvo desaparecer. Pero desmontar un Departamento era una labor ardua que conllevaba acarrear papeles y trasladar gentes de un despacho a otro; concretamente, implicaba un ajetreo considerable entre los departamentos de Inteligencia británicos y estadounidenses en Londres. Nicholas, que vivía en un lúgubre cuarto amueblado en Fulham, se aburría mortalmente.

\*

—Tengo que contarte una cosa, Rudi —dijo Jane.

—Espera un momento, por favor —dijo él—. Estoy con un cliente.

—Luego te llamo, entonces. Ahora tengo prisa. Solo quería decirte que Nicholas Farringdon ha muerto. Acuérdate de ese libro suyo que nunca se llegó a publicar. Fue él quien te dio su manuscrito. En fin, puede que ahora tenga un valor. Y había pensado…

—¿Que Nick ha muerto? Un momento, por favor, Jane. Estoy haciendo esperar a un cliente que quiere comprar un libro. Un momento.

—Luego te llamo.

\*

Esa noche, Nicholas fue a cenar al club.

*Recordé a Chatterton, el prodigio aquel*
*cuyo recio espíritu murió por su altivez…*

—¿Quién es esa a la que se oye recitar? —le preguntó a Jane.

—Es Joanna Childe, que da clases de elocución —dijo ella.

En el salón se percibía una actividad variopinta —la voz singular de Joanna, el encanto de aquellas muchachas de escasos medios en la sala empapelada de marrón, y Selina desmadejada en su silla, como un pañuelo sedoso— que Nicholas apreciaba en toda su generosa profusión. Tras tantos meses de tedio, aquella experiencia, que en otros tiempos le podía haber aburrido, le embriagaba de entusiasmo.

Varios días después llevó a Jane a una fiesta para que conociera a esa gente joven que tanto le gustaba: hombres poetas con pantalones de pana y mujeres poetas con el pelo por la cintura, aunque ellas lo que hacían realmente era pasar la poesía a máquina y acostarse con los poetastros, lo que venía a ser lo mismo. Primero la llevó a cenar a Bertorelli's; luego la llevó a una lectura de poesía en un local alquilado en Fulham Road; luego la llevó a una fiesta con algunos de los que se había encontrado en la lectura. Uno de los poetas de mayor renombre se había procurado un trabajo en la agencia Associated News de Fleet Street, en honor a lo cual se había comprado unos elegantones guantes de piel que lucía muy satisfecho. En este encuentro poético se respiraba una cierta rebeldía ante el mundo. Los poetas parecían entenderse los unos a los otros gracias a un instinto oculto, a una especie de acuerdo tácito, y era evidente que la franqueza con que el poeta enguantado exhibía sus poéticos guantes solo podía darse allí, pues en ningún otro lugar entenderían su complicada relación con aquella prenda, ni en Fleet Street ni en ningún otro sitio.

Algunos de los presentes eran hombres desmovilizados que habían quedado en la reserva. Otros tenían alguna evidente particularidad que les impedía ingresar en el ejército: un espasmo facial involuntario, mala vista o cojera. Otros seguían llevando el uniforme. A Nicholas le dieron de baja al mes siguiente de lo de Dunkerque, de donde logró escapar solamente con una herida en el pulgar; su cese lo motivó una leve alteración nerviosa al mes siguiente de la batalla.

En el encuentro poético, Nicholas adoptó una actitud claramente distante, pero, aunque saludaba a sus amigos con una manifiesta frialdad, tenía la clara intención de que Jane disfrutara al máximo de la ocasión. De hecho, quería que le volviera a invitar al club May of Teck, cosa que ella descubrió conforme fue avanzando la tarde.

Los poetas leyeron sus poemas, dos por persona, y recibieron los consiguientes aplausos. Varios de ellos fracasarían con el tiempo, perdiéndose al cabo de unos años entre las brumas de los bares del Soho, convertidos en los típicos juguetes rotos del mundo literario. Algunos de ellos, pese a sus muchos talentos, se acabarían malogrando por pura flojedad y claudicarían, metiéndose a trabajar en publicidad o en alguna editorial desde la que se dedicarían a detestar a los literatos más que a ninguna otra cosa en el mundo. Otros tendrían éxito, pero convertidos en paradojas andantes, incapaces de escribir poesía de manera continua ni exclusiva.

Uno de estos jóvenes poetas, Ernest Claymore, llegaría a ser uno de esos místicos agentes de bolsa de la década de 1960, viviendo apresuradamente en la City entre semana y pasando tres fines de semana al mes en su casa de campo —un inmueble de catorce habitaciones donde le resultaba fácil ignorar a su esposa y, encerrado en su despacho, se dedicaba a escribir ensayos— y el fin de semana restante retirado en un monasterio. En aquellos tiempos, Ernest Claymore leía un libro a la semana, en la cama, antes de dormirse, y en ocasiones escribía a algún periódico comentando la crítica literaria de turno: «Muy señor mío, tal vez sea algo corto de luces. He leído su reseña de...». El propio Claymore tenía pensado publicar tres breves textos de filosofía que podía haber entendido cualquiera. Pero, en el momento que nos concierne, el verano de 1945, era un joven poeta de ojos oscuros que había acudido al recital y que acababa de leer, con ronca frescura, su segunda aportación:

*Yo, en la turbulenta noche de la tórtola hendí fúlgida la*
  *senda mía*
*incesante desde la tumba del amor para reparar la matriz*
  *mía*
*viviente, esa nueva y necesaria rosa mía,*
*pubescente...*

Ernest pertenecía a la escuela de poetas cósmicos. Tras decidir que era ortodoxo en sus preferencias sexuales, merced a su conducta y aspecto, Jane dudó entre cultivar su amistad con vistas al futuro o bien conformarse con Nicholas. Al final consiguió hacer las dos cosas a la vez, puesto que Nicholas se llevó consigo al poeta moreno de la voz ronca, al agente de bolsa en ciernes, a la subsiguiente fiesta, donde Jane logró hacerle un encargo antes de que Nicholas la abordara en un aparte para seguir indagando sobre los misterios del club May of Teck.

—Es una residencia de chicas —dijo—. Y no hay mucho más que decir.

La cerveza se la dieron en tarros de mermelada, una impostura verdaderamente extraordinaria, ya que en aquel momento los tarros de mermelada escaseaban más que los vasos y las jarras. La fiesta era en Hampstead, en una casa donde había una cantidad agobiante de gente. Los anfitriones, según Nicholas, eran unos intelectuales comunistas. Al poco de llegar la hizo subir a la planta de arriba y se metieron los dos en un dormitorio donde se sentaron en el borde de una cama deshecha y se quedaron mirando —él con el hastío de un filósofo, ella con el entusiasmo de una bohemia neófita— los maderos desnudos del suelo. Los dueños de la casa, según Nicholas, tenían que ser a la fuerza unos intelectuales comunistas, a juzgar por la cantidad de medicamentos para la dispepsia que había en el armario del cuarto de baño. Ya se los señalaría de lejos, le dijo al bajar las escaleras de vuelta a la fiesta. Los anfitriones de la velada, según parecía, no tenían la menor intención de conocer a sus invitados.

—Cuéntame cosas de Selina —dijo Nicholas.

Jane llevaba el pelo oscuro recogido sobre la coronilla. Tenía una cara más bien ancha. Su gran baza era la juventud, y tal vez esa bisoñez intelectual de la que no era ni remotamente consciente. Habiendo olvidado de momento que su labor era reducir al mínimo las expectativas literarias de Nicholas, Jane fingió con toda su perfidia que el escritor era el genio que decía ser, cosa que ella misma se encargaría de rubricar a los pocos días en una carta que falsificó en nombre de Charles Morgan. En cuanto al propio Nicholas, había decidido ser decente con Jane y hacer cualquier cosa para complacerla salvo acostarse con ella, con vistas a sus dos proyectos pendientes: la publicación del libro y la infiltración en el club May of Teck en general para llegar hasta Selina en particular.

—Cuéntame cosas de Selina —repitió Nicholas por enésima vez.

Lo que Jane no había sabido ver, ni entonces ni en ningún momento posterior, fue que Nicholas se había forjado una imagen poética del club May of Teck desde el primer momento en que lo vio, imagen que le atormentaría a partir de entonces, tanto como él la atormentaba a ella pidiéndole información sobre sus inquilinas. Jane no sospechaba en absoluto lo mucho que se aburría Nicholas, ni sabía de su insatisfacción social.

Tampoco veía el club May of Teck como un microcosmos representativo de una sociedad ideal, ni mucho menos. La hermosa serenidad de una heroica pobreza era una noción que no se le pasaba por la imaginación a una chica sana cuya vida en un cuarto con calefacción por horas era tan solo un arreglo provisional a la espera de que surgieran mejores oportunidades.

*La dama del dulcémele.*
*Supe que era ella,*
*la abisinia doncella*

La voz entraba en el salón merced a la brisa de la noche. Al oírla, Nicholas dijo:

—Cuéntame cosas de la profesora de elocución.

—Ah, Joanna —dijo ella—. Te la tengo que presentar.

—Cuéntame lo de que os prestáis la ropa unas a otras.

Ante la insistencia de Nicholas, Jane caviló sobre lo que podía pedir a cambio de esa información que tanto parecía interesarle. En el piso de abajo, la fiesta continuaba sin ellos. Ni el tosco suelo de madera ni las paredes cubiertas de lamparones mejorarían con la luz de la mañana, pensó Jane.

—Tendríamos que hablar de tu libro en algún momento —le dijo—. George y yo queríamos plantearte una serie de dudas.

Dejándose caer sobre la cama deshecha, Nicholas

cayó en la cuenta de que le convenía pergeñar una estrategia defensiva frente a George. Al fin y al cabo, tenía vacío el tarro de la mermelada.

—Cuéntame cosas de Selina —dijo—. Además de ser la secretaria de un sarasa, ¿qué hace?

Lo que Jane quería era saber cómo estaba de borracha, pero no se atrevía a ponerse de pie, que era la prueba infalible.

—Vente a comer el domingo —le dijo a Nicholas.

Llevar a un invitado a comer al club el domingo suponía un desembolso de dos chelines y seis peniques. Era posible que Nicholas la llevara a más fiestas como aquella, con el círculo íntimo de los poetas, aunque lo más seguro era que quisiera salir con Selina, y probablemente se querría acostar con ella, pero como Selina ya se había acostado con dos hombres, Jane no veía impedimentos a que hubiera un tercero. Le daba pena pensar, pues lo pensaba, que el verdadero interés de Nicholas por el club May of Teck, y el motivo de que estuvieran los dos sentados en esa lúgubre habitación, era que él quisiera acostarse con Selina.

—¿Qué partes dirías tú que son las más importantes? —le preguntó.

—¿Qué partes de qué?

—De tu libro —dijo ella—. De *Los cuadernos sabáticos.* George anda buscando un genio. Me temo que tendrás que ser tú…

—Es importante todo, el libro entero —dijo Nicholas.

Inmediatamente se le ocurrió la idea de falsificar una carta firmada por algún personaje medio famoso, diciendo que su libro parecía la obra de un genio. De ningún modo lo pensaba, ni mucho menos, porque Nicholas no perdería el tiempo pensando en un atributo tan poco concreto como el de la genialidad. Sin embargo, sabía reconocer una palabra útil cuando la tenía delante y al oír lo que insinuaba Jane con su pregunta, trazó rápidamente un plan.

—Cuéntame eso tan delicioso que recita Selina sobre la compostura —le dijo.

—La compostura es el equilibrio perfecto, una ecuanimidad del cuerpo y la mente, una serenidad perfecta en cualquier entorno social. Vestimenta elegante, limpieza inmaculada... Ay, por Dios —dijo—. Estoy harta de intentar sacar las migajas de carne del pastel usando el tenedor para separarlas de los trozos de patata. No sabes lo que es intentar comer bien teniendo que evitar siempre las grasas y los hidratos de carbono.

Nicholas le dio un beso cariñoso. En ese momento le pareció vislumbrar la ternura que había en Jane, pues no hay nada tan revelador como un estallido de miseria acumulada por parte de una criatura de naturaleza flemática.

—Y todo para alimentarme el cerebro —dijo Jane.

Para consolarla, Nicholas le dijo que intentaría conseguirle un par de medias de nailon, sacándoselas al americano con el que trabajaba. Le miró las piernas, desnudas y cubiertas de pelo oscuro. Sin dudarlo, arrancó de su cartilla seis vales para ropa y se los dio a Jane. También se ofreció a darle el huevo de la semana siguiente.

—El huevo te hará falta para el cerebro —le dijo ella.

—Siempre desayuno en la cantina americana —dijo él—. Allí nos dan huevos y zumo de naranja.

Ella le dijo que aceptaba su ofrecimiento. En aquellos momentos, al inicio de la etapa más dura del racionamiento, el cupo era de un huevo semanal pues también había que aprovisionar a los países liberados. Él tenía un hornillo en su habitación alquilada, donde se preparaba algo de cenar cuando estaba en casa y se acordaba de que tenía que comer.

—Te doy todo mi té —dijo él—. Yo solo tomo café y lo consigo por los americanos.

Ella le dijo que le vendría bien el té. El cupo era de sesenta gramos una semana y noventa gramos la semana siguiente, alternativamente. Pero el té era valioso para intercambiarlo por otras cosas. Jane pensó que en esta ocasión no iba a tener más remedio que ponerse de parte del autor y procurar engatusar a George. Nicholas era un artista verdadero, dotado de una sensibilidad tremenda. George, en cambio, era un simple editor. Iba a tener que poner al día a Nicholas en cuanto a las técnicas empresariales de George, que consistían sobre todo en descubrir las flaquezas de los autores.

—Vamos abajo —dijo Nicholas.

Entonces se abrió la puerta y apareció Rudi Bittesch, que se les quedó mirando durante unos instantes. Rudi jamás estaba borracho.

—¡Rudi! —dijo Jane con inusitado entusiasmo.

Estaba encantada de conocer a alguien que no le hubiera presentado Nicholas. Así demostraba que ella también pertenecía a ese entorno.

—Vaya, vaya —dijo Rudi—. ¿Qué tal te va últimamente, Nick, por cierto?

Nicholas contestó que vivía de prestar sus servicios a los americanos.

Rudi soltó una carcajada hueca, como si fuera el tío cínico de la familia, y dijo que él también podía haber trabajado para los americanos si hubiera querido venderse.

—¿Venderte? —dijo Nicholas.

—Vender mi integridad para trabajar solamente por la paz —dijo Rudi—. Por cierto, bajaos conmigo a la fiesta y dejemos el asunto.

Cuando bajaban por la escalera le dijo a Nicholas:

—Así que te van a publicar en Throvis-Mew. Me he enterado por Jane.

—Es un libro medio anarquista —dijo ella rápidamente, por si Rudi admitía haberlo leído.

—Por cierto, ¿sigues creyendo en eso de la anarquía? —le dijo Rudi a Nicholas.

—En lo que no sigo creyendo es en los anarquistas —dijo Nicholas— Al menos no en todos, por cierto.

\*

—¿Cómo ha muerto, por cierto? —dijo Rudi.

—Un asesinato político, según parece —dijo Jane.

—¿En Haití? ¿Cómo ha sido?

—Solo sé lo que han dado en las noticias. Según Reuters ha sido una revuelta popular. Associated News tiene información más reciente… Pero estaba acordándome del manuscrito ese, *Los cuadernos sabáticos.*

—Aún lo tengo. Si se hace famoso por haber muerto, lo busco. ¿Cómo ha muerto…?

—No te oigo. Hay interferencias. Te digo que no te oigo, Rudi…

—Te pregunto que cómo ha muerto ¿De qué manera?

—El libro va a valer mucho ahora, Rudi.

—Lo buscaré. Hay interferencias, por cierto. ¿Me oyes? ¿Cómo ha muerto…?

—… una cabaña…

—No te oigo…

—… en un valle…

—Habla más alto.

—… en un palmeral… el desierto… ese día había mercado y habían salido todos menos él…

—Lo buscaré. Puede que *Los cuadernos sabáticos* sí que tenga su público. ¿No le habrán sometido a uno de esos martirios rituales, por cierto?

—Se estaba entrometiendo en las supersticiones locales, según parece —dijo Jane—. En Haití se están
cargando a muchos curas católicos.

—No oigo nada. Esta noche te llamo, Jane. Luego
nos vemos.

# 5

Selina entró en el salón con un sombrero azul de ala ancha y unos zapatos de tacón con cuña, esa moda francesa que, según se decía, se consideraba un símbolo de la Resistencia. Era un domingo a última hora de la mañana. Selina venía de darse un elegante paseo por los senderos de los jardines de Kensington, en compañía de Greggie.

Se quitó el sombrero y lo dejó en el sofá, a su lado.

—He invitado a una persona a comer —dijo—. A Felix.

Felix era el coronel G. Felix Dobell, director de una sección del servicio de inteligencia americano instalada en la planta superior del hotel contiguo al club. Estaba entre el grupo de hombres que había acudido a uno de los bailes del club, ocasión en que decidió que Selina era para él.

—Pues yo he invitado a comer a Nicholas Farringdon —dijo Jane.

—Pero si ya ha venido otro día esta misma semana —dijo alguien.

—Ya, pero vuelve hoy. Estuve en una fiesta con él.

—Me alegro —dijo Selina—. Me cae bien.

—Nicholas trabaja en el servicio de inteligencia americano —dijo Jane—. Seguro que conoce a ese coronel tuyo.

Al final resultó que los dos hombres no se conocían. Compartieron una mesa de cuatro con las dos chicas, que se encargaron de atenderles, yendo a buscar la comida al montacargas. El almuerzo del domingo era el mejor de toda la semana. Cada vez que una de las chicas se levantaba a llevar o traer algo, Felix Dobell hacía un amago de levantarse y se volvía a sentar, como gesto de cortesía. Nicholas, en cambio, seguía arrellanado en su silla, dejándose atender por las chicas como un caballero inglés orgulloso de sus derechos señoriales.

La directora, una mujer alta de piel grisácea que insistía en vestir de gris, les anunció escuetamente que el martes vendría «un diputado conservador a darles una charla preelectoral».

La sonrisa de Nicholas fue tan espontánea que su rostro alargado se hizo aún más atractivo. Le había encantado eso de la «charla», y así se lo comentó al amable coronel, que dijo estar de acuerdo. El coronel parecía estar enamorado de todas las chicas del club, aunque, por pura comodidad, hacía que fuera Selina el centro de todas sus atenciones. El club May of Teck solía producir ese efecto sobre sus invitados masculinos, y solamente Nicholas se había enamorado de la entidad de un modo excepcional, pues le espoleaba la sensibilidad poética hasta la exasperación, mientras aplicaba su habitual ironía al proceso mental con que imponía a aquella sociedad una imagen completamente ajena a la realidad.

En la mesa de al lado se oía la voz amigable de la grisácea directora hablando con una Greggie de pelo igual de gris:

—Mira, Greggie, es imposible estar en todas las habitaciones del club a la vez.

—Gracias a eso podemos llevar una vida medianamente razonable —dijo Jane a sus compañeros de mesa.

—Qué idea tan original —dijo el coronel americano.

Aunque se refería a algo que había dicho Nicholas antes de que hablara Jane, cuando estaban discutiendo sobre la postura política del club May of Teck.

—Habría que decirles que no votaran, es decir, convencerlas de que no votaran a nadie —sugirió Nicholas—. Podríamos arreglárnoslas sin un Gobierno. Ya tenemos bastante con la monarquía, con la Cámara de los Lores, con la…

Jane hizo un gesto de aburrimiento. Esa parte del manuscrito la había leído varias veces y le divertía más hablar de personajes, cosa que siempre le proporcionaba un placer más tangible que cualquier conversación impersonal, por amena y maravillosa que pudiera ser, aunque su bisoño cerebro aún no fuera capaz de admitirlo. Sería al llegar a la cumbre de su carrera como periodista, mientras hacía entrevistas para la revista femenina de mayor tirada, cuando hallara al fin el papel que le correspondía en la vida. Entretanto, seguiría convencida de ser no solo capaz de razonar, sino de estar especialmente dotada para ello. Pero en aquel momento se limitaba a compartir mesa y mantel con Nicholas, deseando que dejara de hablar de una vez con el coronel sobre las magníficas oportunidades que ofrecían las charlas políticas del club May of Teck, y sobre las distintas formas en que se podía corromper a sus socias. A Jane le aburría la conversación, pero se sentía culpable por ello. Selina, en cambio, rio con perfecta compostura cuando Nicholas dijo lo siguiente:

—Podríamos arreglárnoslas de sobra sin un gobierno central. Si a los ciudadanos nos da disgustos, a los políticos más todavía…

Parecía estar hablando en serio, pero su mente autocrítica era capaz de ironizar sobre cualquier cosa, algo que el coronel parecía intuir, pues sorprendió a Nicholas cuando declaró:

—Mi esposa Gareth también es socia del gremio local de Guardianes de la Ética. Se lo toma muy en serio.

Teniendo bien presente que la compostura requería un perfecto equilibrio, Nicholas dio la respuesta del coronel por buena.

—¿Y qué hacen esos Guardianes de la Ética? —le preguntó.

—Defienden la pureza de los ideales domésticos. Mantienen la guardia alta respecto al material de lectura. En muchos hogares de nuestra ciudad no entra ningún libro que no lleve estampado el escudo de armas de los Guardianes.

Nicholas comprendió entonces que el coronel le atribuía una serie de principios, y que relacionaba estos supuestos principios con los de su esposa Gareth, por ser los primeros que se le habían venido a la cabeza. Era la única explicación posible. Pero Jane quería dejar las cosas bien claras.

—Nicholas es anarquista —dijo.

—Anda ya, Jane —dijo el coronel—. No seas tan cruel con tu amigo el escritor.

Selina, por su parte, había empezado a sospechar que Nicholas tenía una filosofía de la vida bastante poco ortodoxa, que algunas de las personas de su entorno probablemente calificarían de descabellada. Esa rareza de Nicholas la percibía como un signo de debilidad, cosa que le resultaba deseable en un hombre tan atractivo. Conocía a otros dos hombres con esa misma vulnerabilidad, pero la debilidad no le atraía por motivos perversos, pues no tenía intención alguna de hacerles sufrir. Y en caso de hacerlo, sería de modo inconsciente. Lo que le gustaba de esos hombres era que ninguno de ellos quería poseerla del todo. Gracias a eso podía acostarse con ellos serenamente. Otra de sus amistades masculinas era un empresario de treinta y cinco años que seguía en el ejército, muy adinerado y en absoluto débil. Un hombre verdaderamente posesivo con quien Selina tal vez acabara casándose. Entretanto, se dedicaba a observar a Nicholas mientras intercambiaba disparates con el coronel. De pronto se le ocurrió una manera de sacarle partido a la situación.

Después de comer se fueron los cuatro al salón a organizar la tarde, con la perspectiva de salir a dar una vuelta en el coche del coronel, que a esas alturas insistía en que todos le llamaran Felix.

Tendría unos treinta y dos años. Era uno de esos hombres que Selina consideraba débiles. Pero tras su debilidad había en realidad un miedo colosal a su esposa, que le llevaba a adoptar todas las medidas posibles para no dejarse sorprender en la cama con Selina durante uno de sus fines de semana campestres, aunque su señora viviera tranquilamente en California. Al cerrar la puerta de la habitación, Felix siempre decía con voz preocupada: «No quiero hacer sufrir a Gareth», o alguna frase por el estilo. La primera vez que le oyó decirlo, Selina —alta, hermosa, con esos enormes ojos azules— se asomó a la puerta del cuarto de baño para ver qué le pasaba. El transcurso del tiempo no había conseguido que se le pasara el nerviosismo, y en cada ocasión seguía asegurándose de que la puerta estuviera bien cerrada. Los domingos en que se pasaban la mañana entera en la cama, incómodos porque tenían las sábanas llenas de migas del desayuno, a veces se quedaba tan ensimismado que parecía completamente ausente.

—Espero que no haya manera de que Gareth descubra nuestro escondite —decía.

En todo caso, era uno de los que no querían poseer a Selina por completo, y, dado que su belleza tendía a producir sentimientos posesivos, ella lo prefería así, siempre que el hombre en cuestión le gustase solo para acostarse con él y para salir por ahí, además de que supiese bailar, por supuesto. Felix era rubio, con un aire de nobleza contenida que parecía una virtud heredada. Casi nunca decía nada gracioso, pero estaba dispuesto a mostrarse alegre. Aquel domingo por la tarde les propuso ir en coche desde el club hasta Richmond, una buena tirada desde Knightsbridge, sobre todo en aquellos tiempos en que la gasolina escaseaba tanto que nadie conducía por placer, a no ser que el dueño del vehículo fuera estadounidense, debido a la confusa idea de que se usaba combustible «americano», es decir, no sujeto a la austera conciencia británica ni a los posibles reproches sobre la pertinencia del viaje, tema que surgía en todas y cada una de las vías de transporte público.

Al observar la mirada de perfecto equilibrio y proporción que Selina le estaba dedicando a Nicholas, Jane supo inmediatamente que le iba a tocar ir delante con Felix, mientras que Selina arquearía los pies con compostura y se sentaría junto a Nicholas en la parte de atrás; y también sabía Jane que todo ello se aceptaría con la máxima elegancia. A Felix no le veía grandes defectos, pero no abrigaba la menor esperanza de seducirle, pues no tenía nada que ofrecer a un hombre como él. En cambio, a Nicholas sí que tenía algo que ofrecerle, por pequeño que fuera, pues Selina carecía de su vertiente literaria e intelectual. Aquí demostraba no conocer a Nicholas —a quien consideraba una especie de versión atractiva de Rudi Bittesch—, creyendo que le gustaría y le daría más seguridad una chica culta que una chica sin más. Era la parte femenina de Jane lo que le llevó a besarla en la fiesta y tal vez habría llegado más lejos con él sin hacer hincapié en su propensión a la literatura. Era un error que seguía cometiendo en sus relaciones con los hombres: deducir que, como ella prefería a los hombres cultos y leídos, a ellos les sucedería lo mismo con respecto a las mujeres. Y nunca se le ocurrió que los hombres de letras, suponiendo que les gustasen las mujeres, no preferían necesariamente a las mujeres cultas, sino a las chicas en general.

Pero Jane comprobó que sí había acertado en su predicción sobre el modo de sentarse en el coche; y lo certero de sus predicciones intuitivas en asuntos como aquel fue lo que le dio seguridad en sí misma al convertirse con el tiempo en una profética columnista de sociedad.

Mientras tanto, la sala empapelada en marrón había empezado a cobrar vida con las voces de las chicas que volvían del salón trayendo bandejas cargadas de tazas de café. A los invitados les fueron presentadas las tres solteronas, Greggie, Collie y Jarvie, como exigía la costumbre. Las señoronas, con la espalda recta apenas pegada al respaldo de la silla, se encargaron de servir el café a los jóvenes. Todas sabían que Collie y Jarvie llevaban días enzarzadas en una discusión religiosa, pero en esta ocasión hicieron un esfuerzo por ocultar sus desavenencias. A Jarvie, no obstante, le daba rabia que Collie le hubiera dado una taza de café demasiado llena. Tras dejar la taza, con el plato inundado de café, en la mesa que tenía a sus espaldas, dedicó a Collie un gesto displicente. Iba vestida de calle, con guantes, bolso y sombrero. Los domingos por la tarde daba catequesis a un grupo de niños. Poniéndose los guantes sobre las rodillas, Jarvie acarició la tersa gamuza de color verdoso. Al desdoblar el envés del borde se vio la marca de fábrica, esas dos medias lunas paralelas que indicaban que se trataba de una prenda de precio controlado. En los vestidos la marca iba estampada sobre una cinta cosida al dorso, y todas las mujeres la cortaban. Inclinando ligeramente la cabeza, Jarvie se quedó mirando la indeleble marca de fábrica de sus guantes, como si al verla se le hubiera ocurrido algo. Luego volvió a estirar los guantes, y se colocó las gafas sobre la nariz con un brusco ademán. Al verla, a Jane le entraron las prisas por casarse. Nicholas, en cuanto supo que Jarvie iba camino de la catequesis, le hizo una pregunta solícita sobre el asunto.

—Más nos vale no tocar el tema de la religión —dijo Jarvie, como poniendo fin a una larga discusión.

—Ese tema está más que olvidado —dijo Collie—. ¡Qué día tan bonito para irse a Richmond!

Arrellanada elegantemente en su silla, Selina ni se planteaba la posibilidad de acabar siendo una solterona, y menos una solterona triste. Jane recordó cómo había empezado la discusión religiosa, cuyos ecos habían recorrido todas las plantas del edificio, al haber tenido lugar en el enorme aseo del segundo piso. Fue Collie la que empezó acusando a Jarvie de no limpiar la pila tras lavar los platos que usaba a escondidas cuando se calentaba algo de comer en el hornillo, donde en principio solo se permitía hervir el agua para el té. Luego, avergonzada de su berrinche, Collie acusó a Jarvie, a voz en cuello, de estar entrometiéndose en su evolución espiritual, «justo cuando sabes que estoy prácticamente en estado de gracia». Jarvie le dio una respuesta desdeñosa sobre la animadversión de los baptistas por el verdadero espíritu de los Evangelios. Llevaban ya dos semanas con su trifulca religiosa, que requería una constante argumentación, aunque en público las dos mujeres hacían un verdadero esfuerzo para que no se les notara.

—¿Piensas desperdiciar tanto café, con leche y todo? —le dijo Collie a Jarvie.

Era un reproche moral, porque la leche estaba incluida en la ración correspondiente. Volviéndose hacia ella, Jarvie dobló, alisó, acarició y estiró sus guantes, mientras suspiraba ruidosamente. A Jane le entraron ganas de desnudarse y salir a la calle dando gritos. Collie, por su parte, le miró las rodillas gordezuelas con gesto de desaprobación.

Greggie, que tenía muy poca paciencia con las otras dos viejales del club, llevaba un buen rato de charla con Felix. Acababa de preguntarle a qué se dedicaban «los de ahí arriba», refiriéndose al último piso del hotel contiguo, donde estaba instalado el servicio de inteligencia americano que, curiosamente, había olvidado requisar también las plantas inferiores, fantasmagóricamente vacías.

—Ah, le sorprendería saberlo, señora —dijo Felix.

Greggie dijo que tenía que enseñar a los invitados el jardín, antes de que salieran hacia Richmond. Como era ella la que se encargaba de cuidar las plantas, casi sin ayuda de nadie, las demás socias no podían disfrutar del entretenimiento que suponía esa labor. Y solo las más jóvenes y felices disfrutaban al salir a sentarse fuera, pues el verdor del jardín se le adjudicaba plenamente a Greggie. Solo las más jóvenes y felices disfrutaban al salir a pasear por la hierba, pues apenas tenían escrúpulos ni tampoco consideración alguna hacia nadie, dada la pureza de su tierno espíritu.

Nicholas se fijó en una chica especialmente guapa, de mejillas encendidas y pelo rubio, que estaba de pie y que se estaba tomando el café con prisas. Al acabar salió de la habitación a buen paso, andando con gracia.

—Esa es Joanna Childe —dijo Jane—. La que se dedica a la elocución.

Al rato, cuando Greggie les estaba enseñando el jardín, oyeron la voz de Joanna. Greggie estaba mostrando a los demás su colección de rarezas, plantas singulares nacidas de esquejes robados, lo único que la anciana socia era capaz de robar. Cual avezada jardinera, alardeaba de sus hurtos y de los métodos empleados para dar tijeretazos a los preciados tallos ajenos. De la habitación de Joanna salía la voz de su alumna de aquella tarde.

—Ahora la voz sale de arriba —dijo Nicholas—. La última vez venía de la planta baja.

—Los fines de semana da las clases en su habitación, porque en la sala de juegos hay mucha gente —dijo Jane—. En el club estamos todas muy orgullosas de ella.

En ese momento se oyó la voz de Joanna, tras la de su discípula.

—Este hoyo no debería estar aquí —dijo Greggie—. Es donde cayó la bomba. No le dio a la casa de milagro.

—¿Estaba usted dentro cuando cayó? —dijo Felix.

—Sí —dijo Greggie—. Estaba durmiendo. El impacto me tiró al suelo. Se rompieron todos los cristales de las ventanas. Y tengo la sospecha de que hubo una segunda bomba que no estalló. Estoy casi segura de haberla visto caer mientras me levantaba. Pero el equipo que vino a retirarla solo encontró una, y fue esa la que se llevaron. Pero en caso de haber otra, ya habrá muerto de muerte natural. Estamos hablando del año 1942...

—Mi esposa, Gareth, se está planteando venir a Inglaterra con los grupos de ayuda de la ONU —dijo Felix con su peculiar inconsistencia—. ¿Cree usted que podría quedarse en su club durante una semana o dos? Como yo tengo que estar yendo y viniendo, me temo que se iba a sentir un poco sola en Londres.

—Si resulta que tengo razón, la bomba estaría justo debajo de las hortensias —dijo Greggie.

*Colmada de fe la mar*
*ciñó el corvo litoral*
*cual prenda circular.*
*Mas solo oímos ya*
*un arduo bramar*
*en la jadeante oscuridad,*
*los lóbregos confines*
*y nudas tejas del mundanal.*

—Más nos vale salir ya hacia Richmond… —dijo Felix.

—Estamos todas muy orgullosas de Joanna —dijo Greggie.

—Es una lectora estupenda —dijo alguien.

—No —le corrigió otra persona—. Recita de memoria. Pero sus alumnas sí que leen, por supuesto. En eso consiste la elocución.

Con un gracioso ademán, Selina se limpió en un escalón del porche el barro que se le había quedado en el tacón. A continuación, el grupo entró en la casa.

Mientras las chicas subían a arreglarse, los hombres fueron a recoger sus abrigos al guardarropa, un sombrío cuartito de la planta baja.

—Ese poema es magnífico —dijo Felix, pues las voces de Joanna se oían también allí. Ahora la lección había pasado al «Kublai Kan».

Nicholas estuvo a punto de decir: «Aborda la poesía con una emoción orgiástica que se le nota en la voz», pero se contuvo por si al coronel se le ocurría contestar: «¿Tú crees?», diciendo a continuación: «Esa joven sustituye el sexo por poesía, me parece a mí».

—Ah, ¿sí? —le preguntaría él entonces—. A mí me ha parecido que estaba bastante bien, desde el punto de vista sexual...

Pero dicha conversación no tuvo lugar, así que Nicholas la guardó con vistas a usarla en su siguiente libro.

Mientras esperaban a que las dos chicas bajaran, Nicholas se entretuvo ojeando el tablón de anuncios del vestíbulo, lleno de ofertas de ropa de segunda mano y de vales de ropa. Felix prefirió quedarse a cierta distancia, dejando claro que le daba apuro inmiscuirse en los asuntos privados de las mujeres, pese a ser tolerante con la curiosidad masculina ajena.

—Ahí vienen —dijo al cabo de un rato.

El ruido de fondo era nutrido y variado. Tras las puertas del dormitorio del primer piso sonaban risitas ahogadas. También se oía a alguien llenando de carbón el depósito del sótano, y los rasponazos metálicos de la pala llegaban hasta la planta baja porque quien fuera se había dejado abierta la puerta forrada de fieltro verde. A lo lejos sonaba el agudo campanilleo del teléfono de la centralita, y tras cada llamada de un novio venía el timbrazo de la planta correspondiente. Como habían vaticinado los meteorólogos, por la tarde salió el sol.

*Cruces hiciste a su alrededor,*
*cerrando los ojos con santo pavor*
*pues él era pura ambrosía*
*y dulce néctar bebía.*

# 6

«Querido Dylan Thomas», escribió Jane. En el piso inferior Nancy Riddle, que había acabado su hora de elocución, intentaba iniciar una charla con Joanna Childe sobre la vida que les tocaba aguantar a las dos por el hecho de ser hijas de cura.

—Mi padre siempre está de mal humor los domingos. ¿Y el tuyo?

—El mío no. Los domingos tiene mucho que hacer.

—Mi padre se queja mucho del misal. La verdad es que en eso estoy de acuerdo con él. Se ha quedado anticuado.

—Ah, pues a mí el misal me parece maravilloso —dijo Joanna.

Aunque la iglesia estuviera medio vacía, su padre recitaba el misal a diario en los maitines y las vísperas, incluidos los salmos —sobre todo los salmos, mejor dicho—, así que Joanna se lo sabía de memoria. Cuando vivía en la rectoría, Joanna iba a misa todos los días, y se sabía todas las respuestas, de modo que el decimotercer día, por ejemplo, su señor padre se alzaba ante ella con toda su altiva humildad, ataviado de blanco sobre negro, y leía:

*Levántese Dios, sean esparcidos sus enemigos*

a lo cual Joanna respondía sin dejar un segundo de pausa:

*Y huyan de su presencia los que le aborrecen.*

Su padre decía a continuación:

*Como se disipa el humo, así los disiparás.*

Y Joanna respondía sin dilación:

*Como se derrite la cera ante el fuego, así perecerán los impíos ante Dios.*

Así habían ido recorriendo los salmos, desde el día primero del mes hasta el trigésimo primero, mañana y tarde, en tiempos de guerra o de paz; y era frecuente que al primer sacristán, o al segundo, lo sustituyeran en su labor, dando misa a lo que parecía una iglesia llena de bancos vacíos, por fidelidad a la congregación de los ángeles, desgranando en inglés las intenciones del abnegado cantor de Israel.

Tras encender el hornillo de su habitación, Joanna puso agua a hervir y le dijo a Nancy Riddle:

—El misal es una maravilla. Iban a sacar una versión nueva en 1928, pero el Parlamento la prohibió. Casi mejor, la verdad.

—¿Qué tiene que ver el Parlamento con el misal?

—Entra dentro de su jurisdicción, por raro que parezca.

—Pues yo estoy a favor del divorcio —dijo Nancy.

—¿Qué tiene que ver eso con el misal?

—Bueno, está todo relacionado con la Iglesia anglicana y con los líos que montan siempre.

Procurando no tirar nada, Joanna echó leche en polvo en un vaso y le añadió agua del grifo, vertiéndolo en los dos tazones de té. Le dio uno de ellos a Nancy y le ofreció la sacarina que tenía en una cajita de hojalata. Su alumna dejó caer una tableta en el té, que removió con una cuchara. Estaba liada, según decía, con un hombre casado que aseguraba que iba a abandonar a su esposa.

—Mi padre ha tenido que comprarse una casulla nueva —dijo Joanna—. Es para ponerse encima de la sotana, porque en los entierros siempre se acatarra. Vamos, que me temo que este año me quedo sin vales de ropa.

—¿Lleva casulla? —dijo Nancy—. Pues debe de ser un anglicano de la Alta Iglesia. El mío lleva un sobretodo. Porque es un evangelista de la Baja Iglesia, claro está. Y encima de la zona de las Midlands…

*

Nicholas se había pasado las tres primeras semanas de julio coqueteando con Selina, pero también se veía con Jane y con otras socias del May of Teck.

Las escenas y sonidos del vestíbulo, que se le quedaban grabados siempre que iba al club, se le avivaban con cada visita, de manera que se le fue formando una impresión que parecía dotada de voluntad propia. Al pensarlo recordó estos versos:

*Juntemos nuestras fuerzas todas en una*
*haciendo un ovillo con nuestra dulzura.*

«Cuánto me gustaría», pensó, «enseñarle ese poema a Joanna o, mejor dicho, *demostrárselo*»; y tomaba espasmódicas notas de todo ello al dorso del manuscrito de *Los cuadernos sabáticos*.

Jane le tenía al día de todo cuanto sucedía en el club.

—Cuéntame cosas del club —decía él.

Y ella le contaba cosas, con esa astuta intuición suya, que también le encajaban con su visión idílica del lugar. De hecho, no era una noción tan injusta, que el club fuera una miniatura de una sociedad libre, una comunidad unida por los hermosos atributos de una pobreza común. A juzgar por lo que veía, esa pobreza no restaba energía a sus socias, sino que más bien la tonificaba. La pobreza es muy distinta de la necesidad, pensaba Nicholas.

\*

—Hola. ¿Eres Pauline?

—Sí…

—Soy Jane.

—¿Sí?

—Tengo que contarte una cosa. ¿Qué te pasa?

—Estaba echada.

—¿Durmiendo?

—No, descansando. Acabo de volver del psiquiatra, que me hace descansar después de cada sesión. Tengo que tumbarme y todo.

—Pensaba que ya habías dejado de ir al psiquiatra. ¿No te encuentras bien o qué?

—Es que este es nuevo. Lo ha descubierto mamá. Es maravilloso.

—Bueno, es que quiero contarte una cosa. ¿Tienes un segundo? ¿Te acuerdas de Nicholas Farringdon?

—No, creo que no. ¿Quién es?

—Nicholas… Acuérdate de la última noche en la azotea del May of Teck… En Haití, en una cabaña… en un palmeral… Ese día había mercado y habían salido todos menos él… ¿Me oyes?

*

Estamos en el verano de 1945. Nicholas no solo está enamorado de su concepto ético y estético del May of Teck, cuya imagen tiene congelada en la memoria, sino que acabaría pasando la noche en la azotea con Selina.

*Sobre Maratón se alza la cordillera,*
*pero Maratón solo mira al mar.*
*Una hora pasé en aquella tierra,*
*soñando con Grecia y la libertad.*
*En la tumba del Persa estaba*
*y mi esclavitud no imaginaba.*

Joanna tiene poco mundo, pensó Nicholas una tarde mientras vagueaba en el vestíbulo del club; pero si tuviera más mundo no proclamaría esas palabras en un tono tan sexual, tan matriarcal, como si estuviera amamantando extáticamente a una criatura divina.

*Hileras de manzanas en el desván.*

Mientras él vagueaba en el vestíbulo, ella seguía recitando. No había nadie más por allí. Las chicas estarían en otras partes del club, en el salón o en sus habitaciones, sentadas junto a la radio, atentas a alguna de sus emisoras preferidas. De los pisos de arriba llegó entonces el rugido de un transistor, y luego de otro, con el volumen desmesuradamente alto; y varios más se unieron al coro, como si la voz de Winston Churchill bastara para justificar el estruendo. Joanna se detuvo. Todas las radios soltaron sus predicciones bíblicas sobre el destino que aguardaba a los electores libres si les diera por votar a los laboristas en las siguientes elecciones. De pronto los transistores empezaron a razonar humildemente:

Tendremos un funcionariado...

Aquí los aparatos cambiaron de tono y bramaron:

...cuyos miembros ya no serán civiles...

Y añadieron con parsimonia y tristeza:

...ni leales.

Nicholas imaginó a Joanna en pie junto a su cama, momentáneamente desempleada, por así decirlo, pero atenta al discurso, embebiéndose de palabras. Como si estuviera viviendo una escena soñada a su vez por ella, la imaginó en esa actitud inamovible, entregada a las cadencias radiofónicas cuya procedencia sería lo de menos, pues el político podía haber sido ella misma, Joanna, una estatua parlante conectada con el cerebro del mandatario.

Una chica vestida de largo se coló sigilosamente por la puerta del club. El pelo le caía sobre los hombros como un riachuelo marrón. La mente ensimismada del hombre, vago pero observador, registró el dato de la chica entrando a hurtadillas en el vestíbulo. A aquello había que buscarle algún tipo de significado, aunque la chica en sí no tuviera ningún propósito digno de mención.

Era Pauline Fox, que volvía de dar un paseo en taxi por el que le habían cobrado ocho chelines. Le había dicho al taxista que la llevara donde quisiera, a cualquier sitio, por las buenas. En esas ocasiones el taxista de turno daba por hecho que la chica andaba buscando un hombre, pero al adentrarse en el parque y ver que el taxímetro ya marcaba tres peniques, como sucedió en esta ocasión, el hombre empezó a sospechar que aquella clienta estaba loca o, incluso, que sería una de esas aristócratas extranjeras exiliadas en Londres; y si le mandaba luego al taxista que regresara al mismo portal en que la había recogido, tras haberle llamado por teléfono y haberle dado todo tipo de meticulosas instrucciones, como era el caso, al final decidía que si no era cierta su primera sospecha, lo sería la segunda. Lo de ir a cenar con Jack Buchanan era una idea fija que Pauline quería imponer en el club May of Teck como fuera, como algo genuino. De día, Pauline trabajaba en una oficina y era una persona normal. Pero esas citas con Jack Buchanan le impedían cenar con otros hombres, la obligaban a pasarse media hora esperando en el vestíbulo mientras las demás socias cenaban en el comedor, y la hacían volver sigilosamente media hora después, cuando ya no había nadie, o casi nadie, en la planta de abajo.

A veces, si una de las socias se daba cuenta de lo poco que había tardado en volver, Pauline reaccionaba de una manera muy convincente.

—¡Vaya por Dios, has vuelto ya, Pauline! Creía que estabas cenando con...

—¡Uf! No me lo recuerdes... Nos hemos peleado —decía ella.

Entonces, llevándose un pañuelo a los llorosos ojos, se levantaba el vestido con la mano que le quedaba libre y echaba a correr hacia su habitación.

—Parece ser que se ha peleado con Jack Buchanan otra vez. Es curioso que nunca lo traiga aquí.

—¿Tú te lo crees?

—¿El qué?

—Que sale con Jack Buchanan.

—Bueno, no lo sé muy bien.

Pauline seguía con su actitud sigilosa cuando Nicholas le preguntó alegremente:

—¿Y tú de dónde sales?

Acercándose a él, Pauline le miró de frente y dijo:

—De cenar con Jack Buchanan.

—Te has perdido el discurso de Churchill.

—Ya lo sé.

—¿Y Jack Buchanan te ha mandado a casa nada más acabar la cena?

—Pues sí. Es que nos hemos peleado.

Echando la cabeza atrás, se sacudió la melena reluciente. Esta noche había conseguido que le prestaran el Schiaparelli. Era de tafetán, con unos armazones pequeños a los lados, hábilmente cosidos sobre unas almohadillas curvas que se adaptaban a las caderas. Era azul oscuro, verde, naranja y blanco, con un dibujo floral típico de las islas de Oceanía.

—Creo que no había visto un vestido tan bonito en mi vida —dijo él.

—Schiaparelli —dijo ella.

—¿Es el que os ponéis todas por turnos?

—¿Eso quién te lo ha contado?

—Estás guapísima —dijo él.

Levantándose la tersa falda, Pauline se deslizó hacia la escalera.

¡Ay, cómo son las señoritas de escasos medios!

Finalizado el discurso electoral, todas las radios quedaron en silencio, como en un acto de respeto hacia las palabras recién transmitidas.

Acercándose a la puerta de la recepción, que se habían dejado abierta, Nicholas vio que la habitación estaba vacía. En ese momento apareció la directora, que durante el discurso había abandonado sus obligaciones.

—Sigo esperando a la señorita Redwood —dijo él.

—La vuelvo a avisar. Es evidente que se habrá quedado escuchando el discurso.

Al poco apareció Selina por las escaleras. La compostura es el equilibrio perfecto, una ecuanimidad del cuerpo y la mente, pensó él al verla. La joven descendía ingrávida, pero se deslizaba sobre los escalones con más realismo que la triste plebeya imbuida del espíritu de

Jack Buchanan que había ascendido minutos antes por la misma escalera. Podía haber sido la misma chica, que hubiera subido primero envuelta en la tersa seda del Schiaparelli y luciendo una reluciente capucha de pelo, para bajar luego enfundada en una ceñida falda y una blusa blanca de lunares, con el pelo recogido en un moño alto. En ese momento volvieron a sonar los ruidos habituales del edificio.

—Buenas tardes —dijo Nicholas.

*Apurados son mis días*
*y mis noches sueños son,*
*bajo tu mirada sombría,*
*al paso de tu fulgor.*
*¡Qué danzas etéreas,*
*junto a las aguas eternas!*

—Ahora repítelo tú —dijo la voz de Joanna.

—Vamos —dijo Selina.

Precediéndole, salió por la puerta del club y se adentró en la penumbra como un caballo de carreras desbocado y ajeno a los ruidos de su alrededor.

## 7

—¿Tienes un chelín para el contador de la calefacción? —dijo Jane.

La compostura es el equilibrio perfecto, una ecuanimidad del cuerpo y la mente, una serenidad perfecta en cualquier entorno social. Vestimenta elegante, limpieza inmaculada y modales perfectos contribuyen a lograr la seguridad en una misma.

—¿Me cambias un chelín por dos monedas de seis peniques?

—No tengo nada suelto. Pero Anne tiene una llave que sirve para abrir los contadores.

—Anne, ¿estás en tu cuarto? ¿Qué tal si me dejas esa llave?

—Si todas empezamos a usarla, nos van a pescar.

—Solo esta vez. Es para mis labores intelectuales.

*Ora duerme el pétalo carmesí, ora el blanco.*

\*

Selina estaba sentada, aún desvestida, al borde de la cama de Nicholas. Le estaba mirando de reojo con las pestañas entornadas, su modo de dominar una situación que la podría haber puesto en una posición de inferioridad.

—¿Cómo soportas vivir en este sitio? —le dijo.

—Es solo hasta que encuentre un piso —contestó él.

Nicholas, a decir verdad, estaba bastante contento en su habitación de alquiler. Con la temeraria ambición de un visionario, había transformado su pasión por Selina en un deseo de que ella también reconociera y aprovechara los fundamentos de la pobreza en su propia vida. La amaba tanto como amaba su país natal. Hubiera querido transformar a Selina en una sociedad ideal personificada en su osamenta, y que sus bellos huesos obedecieran a su cabeza y su mente como hombres y mujeres inteligentes, dotados del mismo encanto y belleza que el resto de su cuerpo. Las ambiciones de Selina eran relativamente modestas, pero en ese momento solo ambicionaba un paquete de horquillas que desde hacía semanas eran imposibles de conseguir en las mercerías.

No era el primer caso de un hombre que se llevaba a una chica a la cama con la intención de convertirla espiritualmente, pero él, con toda su desesperación, creía estar viviendo algo excepcional y, sobre todo en la cama, se afanaba por avivar la conciencia social de Selina. Al terminar se dejaba caer sobre la almohada con un lánguido suspiro, exhausto aunque imbuido de un cierto orgullo, pero al levantarse descubría con redoblada exasperación que la chica permanecía impermeable a su concepto de la perfección. En cuanto a Selina, seguía sentada sobre la cama, lanzándole miradas con los párpados entornados. No era la primera vez que una mujer se sentaba desnuda en la cama de Nicholas, pero la novedad estaba en el desapego con que Selina mostraba su impresionante belleza. Le resultaba inconcebible que ella no quisiera compartir con él su noción de los hermosos atributos de la renuncia y la pobreza, con un cuerpo como el suyo, amueblado de un modo tan austero y económico.

—No sé cómo soportas vivir en este sitio —dijo ella—. Es como una celda. ¿Cocinas en ese chisme? —le preguntó, señalando al hornillo de gas.

—Sí, claro —dijo él, cayendo repentinamente en la cuenta de que en su historia con Selina solo había amor por su parte—. ¿Quieres unos huevos con beicon?

—Sí —dijo ella, empezando a vestirse.

Con renovadas esperanzas, Nicholas sacó sus raciones de comida. Pero Selina estaba acostumbrada a tratar con hombres que compraban cosas de estraperlo.

—A partir del 22 de este mes nos van a dar setenta y cinco gramos de té, sesenta gramos una semana y noventa la siguiente —dijo Nicholas.

—¿Cuánto nos dan ahora?

—Sesenta gramos por semana —dijo él—. Mantequilla, sesenta; margarina, ciento veinte.

A Selina todo eso le hacía gracia. Soltó una larga carcajada.

—Qué cosas tan graciosas me cuentas —le dijo.

—¡Vaya por Dios! —dijo él.

—¿Te has gastado ya todos tus vales de ropa?

—No, me quedan treinta y cuatro —dijo, dando la vuelta al beicon en la sartén—. ¿Quieres que te dé alguno? —dijo en un momento de inspiración.

—Ay, sí, por favor.

Después de regalarle veinte de sus vales, desayunó algo de beicon con ella y la acompañó a casa en un taxi.

—Ya he arreglado el asunto de la azotea —le dijo camino del club.

—Pues ahora a ver si arreglas el tiempo —contestó ella.

—Si llueve, siempre podemos ir al cine.

\*

Gracias a los arreglos de Nicholas, ahora iba a poder salir a la azotea por el último piso del hotel contiguo al club, donde estaba instalado el servicio de inteligencia estadounidense en el que Nicholas había trabajado durante la guerra, aunque en otra oficina de la ciudad. El coronel Dobell, que diez días antes se habría opuesto al asunto, ahora lo apoyaba resueltamente. Como Gareth, su esposa, se iba a reunir con él en Londres, estaba deseando poner a Selina en otro contexto, como él decía.

Al norte de California había un largo sendero que acababa en una casa donde no solo vivía la señora de G. Felix Dobell, sino que era el lugar donde celebraban sus reuniones los Guardianes de la Ética. Ahora la señora Dobell se iba a trasladar a Londres, pues decía que su sexto sentido le indicaba que Felix la necesitaba a su lado.

*Ora duerme el pétalo carmesí, ora el blanco.*

Nicholas tenía unos enormes deseos de hacer el amor con Selina en el tejado, precisamente en el tejado. Con ese fin lo organizó todo a la perfección, como un veterano incendiario.

La azotea del club, accesible solo por el ventanuco del último piso, estaba unida a la azotea del hotel contiguo mediante una pequeña tubería de desagüe. El hotel estaba requisado por el servicio de inteligencia estadounidense, que había convertido sus habitaciones en despachos. Como tantos otros edificios requisados en Londres, el lugar estuvo abarrotado de gente mientras duró la guerra en Europa, pero ahora se había quedado prácticamente vacío. Solo se usaba el piso superior, donde unos misteriosos hombres uniformados trabajaban noche y día, protegidos noche y día por dos soldados americanos, y atendidos noche y día por unos porteros encargados de manejar el ascensor. Sin el pase correspondiente no se podía entrar en el edificio. Pero Nicholas obtuvo el susodicho pase con la mayor facilidad, de igual modo que le bastaron unas palabras y una mirada para obtener el permiso ambivalente del coronel Dobell, cuya esposa ya estaba en camino, logrando así acceder a un gran despacho abuhardillado usado como sala de mecanografía. Le asignaron una mesa en esa habitación, que era justo la que tenía una trampilla que comunicaba con el tejado.

\*

Las semanas iban pasando, y como el club May of Teck simbolizaba la juventud entreverada en el universo de la guerra, allí las semanas lograban armonizar los veloces acontecimientos y las contrariedades, las vertiginosas formaciones de amistades íntimas, y toda una serie de amores perdidos y descubiertos, que en los venideros tiempos de paz tardarían años en ocurrir, evolucionar y apagarse. Las chicas del May of Teck sabían, ante todo, cómo aprovechar el tiempo. A Nicholas, que ya no era ningún jovencito, le impresionaban sobremanera los vaivenes sentimentales que se vivían allí, semana tras semana.

—Me había parecido entender que ella estaba enamorada de él —decía, atónito.

—Es que lo estaba.

—Pero ¿no es el chico ese que acaba de morir hace una semana? Me dijiste que murió de disentería en Birmania.

—Sí, ya. Pero el lunes conoció a un tipo de la Marina y ahora está locamente enamorada de él.

—Es imposible que se haya enamorado —decía Nicholas.

—Bueno, según ella tienen mucho en común.

—¿Mucho en común? Si estamos a miércoles.

*Cual quien solo va*
*y aprisa ha de andar.*
*Pues ya se volvió*
*en una ocasión.*
*Viendo la bestia atroz*
*que sabe le va en pos.*

—Qué maravilla, me encanta cómo recita Joanna esa poesía.

—Pobre Joanna…

—¿Por qué dices pobre Joanna?

—Bueno, porque nunca sale por ahí, ni queda con ningún hombre.

—Es tremendamente atractiva.

—Muchísimo. ¿Por qué no toma alguien cartas en el asunto de Joanna?

\*

—Mira, Nicholas —dijo Jane—. Hay algo que deberías saber sobre Huy Trovis-Mew como editorial, y sobre el propio George como editor.

Estaban sentados en la oficina de Throvis-Mew, en lo alto de la Red Lion Square. George había salido a la calle.

—Es un ladrón —dijo Nicholas.

—Bueno, eso es exagerar un poco —dijo ella.

—Es un ladrón con sus sutilezas.

—Pero tampoco es eso exactamente. Lo de George es algo más psicológico. Considera que tiene que estar por encima del autor.

—Ya lo sé —dijo Nicholas.

—Quiere bajarte la moral, ¿entiendes? Y luego te ofrece un contrato asqueroso para que lo firmes. Lo que hace es buscar el punto débil del autor. Siempre critica precisamente la parte que más le gusta al autor. Le…

—Eso ya lo sé —dijo Nicholas.

—Si te lo cuento es porque me caes bien —dijo Jane—. La verdad es que soy yo la encargada de buscar el punto flaco de cada autor y contárselo a George. Pero me caes bien y todo esto te lo cuento porque…

—Gracias a George y a ti estoy un paso más cerca de descifrar la enigmática sonrisa de la esfinge. Y te diré una cosa más.

Tras los mugrientos cristales de la ventana se veía el cielo oscurecido descargando lluvia sobre el bombardeado pavimento de Red Lion Square. Jane había mirado la plaza con una pose afectada antes de hacer su revelación a Nicholas. Ahora, al fijarse en la dimensión del destrozo casi le dolían los ojos, y de pronto le pareció que su vida entera estaba sumida en la misma miseria que estaba contemplando. Una vez más, la vida la desilusionaba.

—Ya que estamos, yo también soy un ladrón —dijo Nicholas—. ¿Se puede saber por qué lloras?

—Lloro por la pena que me doy —dijo Jane—. Me voy a buscar otro trabajo.

—¿Antes me puedes escribir una carta?

—¿Qué tipo de carta?

—Una falsificada. Dirigida a mí de parte de Charles Morgan. Querido señor Farringdon, cuando recibí su manuscrito estuve a punto de dárselo a mi secretaria para que se lo devolviera con una cordial disculpa. Por suerte, antes de descartarlo, me puse a hojearlo precisamente por la parte...

—¿Qué parte? —dijo Jane.

—Eso te lo dejo a ti. Antes de escribir la carta lo que tienes que hacer es elegir un trozo conciso y admirable. Será difícil, lo admito, ya que todos son igual de admirables. Pero elige el que más te guste. Charles Morgan dirá en la carta que leyó ese trozo y luego el libro entero, ávidamente, de principio a fin. Tiene que decir que es la obra de un genio. Me manda la carta para felicitarme por ser un genio, ¿comprendes? Entonces yo le enseño la carta a George.

De pronto la vida de Jane reverdeció. Recordó que solo tenía veintitrés años y sonrió.

—Entonces yo le enseño la carta a George —dijo Nicholas—. Y le cuento que se meta el contrato por donde le quepa…

En ese instante apareció George. Les miró a los dos con gesto de estar muy ocupado. Simultáneamente se quitó el sombrero, miró el reloj y le dijo a Jane:

—¿Qué hay de nuevo?

—Han detenido a Ribbentrop.

George suspiró.

—Nada nuevo —dijo Jane—. Ninguna llamada hoy. No hay correo, no ha venido nadie, ni ha llamado nadie. Pero no te preocupes.

George entró en su despacho y salió casi inmediatamente.

—¿Has recibido mi carta? —le dijo a Nicholas.

—No —dijo Nicholas—. ¿Qué carta?

—Te la mandé, veamos, antes de ayer, me parece. Te decía que…

—Ah, esa carta —dijo Nicholas—. Sí, creo que la recibí.

George desapareció en su despacho.

Nicholas le dijo a Jane, en un vozarrón bien audible, que ahora que había parado la lluvia se iba a dar una vuelta por el parque y que era maravilloso poder pasarse el día imaginando cosas maravillosas.

«Le saluda atentamente, su admirador, Charles Morgan», escribió Jane. Luego abrió la puerta de su habitación y gritó:

—Bajad un poco la radio. Tengo que acabar esta labor intelectual antes de cenar.

En el club, en general, todas estaban muy orgullosas del trabajo de Jane y del contacto tan estrecho que tenía con el mundo de los libros. Todas las radios de la planta bajaron el volumen.

Leyó el primer borrador y se dispuso a repetirlo cuidadosamente, escribiendo una carta de aspecto auténtico con una letra pequeña pero madura, como la que podría usar el propio Charles Morgan. No tenía ni idea de cómo era la letra de Charles Morgan, pero tampoco tenía por qué averiguarlo, dado que George tampoco lo sabía y no se le iba a permitir conservar el documento. Lo que sí tenía era una dirección en Holland Park, que Nicholas le había proporcionado. La copió en la parte superior de la hoja, esperando que resultara verosímil, y se animó al pensar que no levantaría sospechas ya que en tiempos de guerra había mucha gente decente que no encargaba que imprimieran el membrete en su papel de cartas, por ser un bien superfluo dada la situación nacional.

Cuando sonó la campana de la cena ya había acabado la carta. Dobló la hoja con meticulosa pulcritud, imaginándose un retrato a carboncillo del rostro de Charles Morgan. Según sus cálculos, podía pedirle a Nicholas al menos cincuenta libras por la carta autógrafa que acababa de escribir. George se quedaría tremendamente desconcertado al leerla. La pobre Tilly, la esposa de George, le había contado a Jane que cuando George se sentía acosado por un autor, hablaba del tema a todas horas.

Después de cenar, Nicholas se pasaría por el club, ya que había convencido a Joanna de dar, como algo especial, un recital del «Naufragio del *Deutschland*». Nicholas lo iba a inmortalizar con una grabadora que le habían prestado en la sala de prensa de una oficina gubernamental.

Jane se unió al gentío que bajaba a cenar. La única rezagada de su planta era Selina, que estaba acabando de recitar las frases de esa noche:

Vestimenta elegante, limpieza inmaculada y modales perfectos contribuyen a lograr la seguridad en una misma.

El coche de la directora se detuvo ante el club justo cuando las chicas llegaban al piso de abajo. La directora conducía su coche como habría conducido a un marido en caso de haberlo tenido. Entró, gris, en su despacho, y poco después se les unió en el comedor dando golpes con el tenedor en la jarra de agua para pedir silencio, como hacía siempre que quería decir algo. Les anunció que una invitada estadounidense, la señora de G. Felix Dobell, impartiría una charla en el club el viernes por la tarde sobre el tema de «La misión de la mujer occidental». La señora Dobell era una socia destacada del gremio de los Guardianes de la Ética, y acababa de llegar al país para reunirse con su marido, que trabajaba en el servicio de inteligencia de Estados Unidos en Londres.

Al acabar de cenar, a Jane le entró la vaga impresión de haber traicionado a la editorial Throvis-Mew y al propio George, que era, al fin y al cabo, quien le pagaba el sueldo por su conspiración empresarial conjunta. Le tenía cariño al viejo George, a cuyas amables cualidades dedicó unos minutos de reflexión. Sin la menor intención de abandonar su conspiración, esta vez con Nicholas, miró la carta que había escrito y se planteó sus posibilidades. Decidió llamar a Tilly, la esposa de George, y mantener con ella una inocua charla.

Al oírla, Tilly se quedó encantada. Era una pelirroja diminuta de inteligencia despierta y escasa formación a quien su marido, experimentado en el manejo de sus esposas, mantenía totalmente apartada del mundo de los libros. A Tilly, consciente del triste aislamiento a que la sometía su marido, le encantaba mantenerse en contacto, a través de Jane, con el negocio de la edición. Le entusiasmaba, por ejemplo, que Jane le dijera: «En fin, Tilly, para un autor escribir es su *raison d'être*». George toleraba esta amistad para afianzar su relación laboral con Jane. Se fiaba mucho de Jane, que le entendía como nadie lo había hecho antes.

Jane se solía aburrir con Tilly, quien, sin haber sido lo que se dice una cabaretera, siempre aprovechaba la oportunidad para aportar al mundo de los libros su espíritu de bailarina de cancán, cosa que ponía nerviosa a Jane, recién enterada de la trascendencia de la literatura en general. En su opinión, Tilly no solo se tomaba con demasiada frivolidad todo lo relativo a la edición y la escritura, sino que encima no era consciente de ello. Pero su traicionero corazón estaba súbitamente embargado de afecto por Tilly, a quien llamó para invitarla a cenar el viernes siguiente. Jane ya tenía pensado que, si aquello acababa resultando un aburrimiento absoluto, siempre podrían aprovechar el tiempo para ir a la charla de la señora de G. Felix Dobell. El club tenía bastante interés en ver a la señora Dobell, por lo mucho que habían visto a su marido en compañía de Selina, su amante, al parecer.

—El viernes tenemos una charla de una señora estadounidense de la Liga de las Mujeres Occidentales, pero no vamos a ir porque será un rollo —dijo Jane, contradiciendo su resolución en su efusiva pretensión de sacrificarse para contentar a la esposa de George, pues todo era poco después de la traición y sabiendo que estaba a punto de mentir al propio George.

—Me encanta el May of Teck —dijo Tilly—. Es como volver al colegio.

Siempre decía eso, y era desquiciante.

\*

Nicholas llegó temprano con su grabadora, y se metió con Joanna en la sala de juegos hasta que las chicas acabaron de cenar. Mirándola, le pareció una espléndida mujer nórdica, la última descendiente de una larga saga.

—¿Llevas mucho viviendo aquí? —dijo Nicholas con voz soñolienta, admirando en silencio sus grandes huesos.

El sueño se debía a que había pasado casi toda la noche con Selina en la azotea.

—Como un año —dijo ella—. Supongo que me moriré aquí —añadió con el típico desdén de las socias por el club.

—Te acabarás casando —dijo él.

—No, no... —protestó ella en tono suave, como si estuviera regañando a un niño empeñado en echar mermelada en un estofado.

Una aguda carcajada colectiva llegó del piso de arriba. Mirando al techo se dieron cuenta de que las chicas del dormitorio estaban intercambiando sus típicas anécdotas sobre novios pilotos, que precisaban un público desternillado de pura ebriedad, o simplemente por su extrema juventud.

En ese instante apareció Greggie, que se acercó a ellos con los ojos alzados hacia las risotadas del techo.

—Cuanto antes se casen las de ese dormitorio y se vayan del club, mejor —les dijo—. En todos los años que llevo aquí no había visto un grupo tan dado al barullo. No daría ni un penique por la inteligencia de esas chicas.

Entró Collie, que se sentó junto a Nicholas.

—Decía que ojalá las chicas esas del dormitorio se casen pronto y se larguen —le contó Greggie para ponerla al tanto.

Collie, a decir verdad, pensaba lo mismo, aunque siempre procuraba llevarle la contraria a Greggie, por principio, y más aún si había gente delante, porque la contradicción animaba la conversación.

—¿Y para qué van a casarse? Que disfruten de la juventud mientras puedan.

—Tienen que casarse para disfrutar como es debido —dijo Nicholas, añadiendo—: Por motivos sexuales…

Joanna se puso roja, pero Nicholas siguió hablando como si nada:

—Sexo a raudales. El primer mes todas las noches, el mes siguiente un día sí y uno no, luego tres días por semana hasta acabar el año. A partir de entonces, un día a la semana.

Al principio nadie le respondió, de modo que Nicholas siguió preparando la grabadora y toqueteando los botones.

—Si pretendes escandalizarnos, jovencito, has de saber que somos inmunes al escándalo —dijo Greggie.

La anciana remachó sus palabras con una mirada entusiasta a las cuatro paredes de la sala de juegos, que, como lugar público que era, tenía poca experiencia en ese tipo de conversaciones.

—Pues yo no soy inmune —dijo Joanna, mirando a Nicholas con gesto compungido.

En cuanto a Collie, no parecía saber qué actitud adoptar. Abrió el gancho metálico de su bolso y lo volvió a cerrar, tamborileando con los dedos en los abultados laterales de cuero descolorido.

—No quiere escandalizarnos —dijo finalmente—. Se trata de una opinión muy realista. Cuando una persona avanza espiritualmente, cuando está ya casi en estado de gracia, es capaz de entenderlo todo, desde el realismo hasta el sexo, o lo que sea.

En respuesta, Nicholas le dedicó una mirada cariñosa.

Animada por el éxito que le había reportado su franqueza, Collie soltó algo a medio camino entre una tosecilla y una risita. Imbuida de su nueva modernidad, añadió emocionada:

—Si no lo has tenido, no lo podrás echar de menos, por supuesto.

Greggie esbozó una mueca de perplejidad, como si no entendiera lo que Collie acababa de decir. Tras treinta años de hostil amistad con ella, sabía perfectamente que Collie tenía por costumbre saltarse etapas en la secuencia de su lógica, lo que la llevaba a decir cosas aparentemente inconexas, sobre todo si hablaba de un tema desconocido o si tenía un hombre delante.

—Pero ¿qué dices? —exclamó Greggie—. ¿Qué es lo que no podrás echar de menos si no lo has tenido?

—El sexo, obviamente… —dijo Collie, alzando la voz más de lo normal por el esfuerzo que estaba haciendo—. Estamos hablando de sexo y matrimonio.

Yo opino que sobre el matrimonio se pueden decir muchas cosas, por supuesto, pero si no lo has tenido, no lo podrás echar de menos.

Joanna miraba a las dos exaltadas mujeres con un apacible gesto de compasión. A Nicholas esa mansedumbre le pareció un indicio de fortaleza ante la falta de restricción que suscitaba la rivalidad en las dos damas.

—¿Y eso qué quiere decir, Collie? —preguntó Greggie—. No tienes ninguna razón. Sí que se echa de menos el sexo. El cuerpo tiene vida propia. Tú y yo sí que echamos de menos lo que no hemos tenido. Es una cuestión puramente biológica. Pregúntaselo a Sigmund Freud. Está todo en nuestros sueños. El roce de una piel cálida por la noche, la ausencia de...

—Un minuto —dijo Nicholas, alzando la mano para pedir silencio con la excusa de que estaba ajustando su grabadora vacía.

Era evidente que las dos señoras, si se disparaban, eran capaces de cualquier cosa.

—Abran la puerta, por favor.

La voz de la directora se oyó desde el pasillo, acompañada del tintineo de la bandeja del café. Nicholas se levantó de un salto, dispuesto a ayudarla, pero ella se le adelantó y entró en la habitación haciendo equilibrios, pero con el aire de una eficaz doncella.

—A mí esa visión beatífica tuya no me parece una compensación suficiente para lo que nos estamos perdiendo —dijo Greggie a modo de conclusión, aprovechando para lanzar una andanada a la religiosidad de Collie.

Mientras servían el café, con las demás chicas entró Jane, que venía de hablar con Tilly por teléfono y que, aliviada en parte de su culpa, le entregó a Nicholas la falsa carta de Charles Morgan. Mientras él la leía, alguien le dio una taza de café y, sin querer, la derramó sobre la carta.

—¡Ay, ya la has destrozado! —dijo Jane—. Ahora la voy a tener que repetir.

—Así parece mucho más auténtica —dijo Nicholas—. Es evidente que si Charles Morgan me manda una carta diciéndome que soy un genio, me dedicaré a leerla una y otra vez, lo más probable es que acabe un poco sucia. Dime, ¿estás segura de que George se va a quedar impresionado al ver el nombre de Morgan?

—Mucho —contestó Jane.

—¿Me estás diciendo que estás muy segura, o que a George le va a impresionar mucho?

—Las dos cosas.

—Pues si yo fuera George, me pasaría lo contrario.

Iba a comenzar el recital del «Naufragio del *Deutschland*». Joanna ya estaba en pie con el libro en la mano.

—No quiero oír ni un suspiro —dijo la directora—. Parece ser que el aparato este del señor Farringdon es capaz de detectar hasta la caída de un alfiler.

Una de las chicas del dormitorio, que se estaba cosiendo una media, hizo como que se le caía la aguja al suelo y se agachó a recogerla. Otra chica del dormitorio, que lo había visto todo, resopló al contenerse la risa. Por lo demás, la sala estaba en silencio, salvo el zumbido casi imperceptible de la grabadora, que aguardaba las palabras de Joanna.

*¡Oh, maestro mío!*
*Dios que me da el aliento y el pan*
*vereda del mundo, vaivén del mar*
*Señor de la vida y la muerte,*
*huesos y venas me das, con piel me arropas,*
*para casi abatirme al final...*

## 8

Precisamente cuando Jane entraba por la puerta, un grito de pánico llegó del piso superior y pareció atravesar todas las paredes del club. Era la tarde del viernes 27 de julio. Jane había salido pronto de la oficina para poder recibir a Tilly en el club. Al oír el grito no le dio demasiada importancia. Cuando subía el último tramo de las escaleras escuchó otro grito aún más agudo, seguido de un coro de voces. Pero en el club un grito de pánico podía tener que ver perfectamente con una media rota o incluso con un chiste más gracioso de lo habitual.

Ya en el último rellano, Jane vio que el barullo venía del cuarto de baño. Anne y Selina, acompañadas de dos chicas del dormitorio, se afanaban en bajar del ventanuco a otra chica que evidentemente tenía intención de salir y se había quedado atascada. Alentada por las instrucciones que le daban las otras dos, la chica se retorcía y pataleaba sin éxito. Contraviniendo las cabales advertencias recibidas, de cuando en cuando la cautiva soltaba un grito. Para llevar a cabo su intentona se había desnudado y embadurnado el cuerpo de una sustancia grasienta; al verla, Jane pensó que ojalá el potingue no hubiera salido del tarro de crema hidratante que ella tenía encima de su tocador.

—¿Quién es? —dijo Jane.

—Es Tilly, por desgracia.

—¡Tilly!

—Te estaba esperando abajo y nos la hemos subido para tenerla entretenida. Como dice que el club le recuerda a su colegio, Selina le ha enseñado el ventanuco. Lo malo es que le sobran un par de centímetros. ¿Qué tal si le dices que se esté calladita?

Acercándose, Jane habló con Tilly en voz baja.

—Cada vez que gritas lo único que consigues es hincharte más —le dijo—. Tranquilízate, que intentaremos sacarte con jabón.

Tilly dejó de gritar y pasaron diez minutos mientras le untaban el cuerpo de jabón, pero aún seguía encajada por la cadera. Se la oía llorar.

—Avisad a George —dijo al fin—. Llamadle por teléfono.

Ninguna de ellas se atrevía a avisar a George. Tendría que subir al último piso del club, y los únicos hombres que usaban esas escaleras eran los médicos, siempre acompañados por alguien de la plantilla.

—Bueno, pues ya veré a quién consigo traer —dijo Jane.

Se le había ocurrido decírselo a Nicholas, que tenía acceso al tejado desde la oficina del Departamento de Inteligencia. Un buen empujón desde la azotea tal vez lograse desalojar a Tilly de su prisión. En cualquier caso, Nicholas tenía pensado ir al club después de cenar, para oír la charla y para ver de cerca, en una curiosa mezcla de celos y curiosidad, a la esposa del anterior amante de Selina. El propio Felix, por su parte, también estaría presente.

Jane decidió llamar por teléfono a Nicholas para rogarle que acudiera cuanto antes a ayudarla a sacar a Tilly. Además, luego podía quedarse a cenar en el club, aunque recordó de pronto que sería la segunda vez esa semana. Era posible que Nicholas ya hubiera llegado a su casa, porque salía de trabajar sobre las seis.

—¿Qué hora es? —dijo Jane.

Aún se oía llorar a Tilly, cuyos gimoteos amenazaban con convertirse en gritos.

—Las seis menos algo —dijo Anne.

Mirando su reloj para comprobar si era cierto, Selina se encaminó hacia su habitación.

—No la dejéis sola —dijo Jane—. Voy a llamar a alguien.

Pese a la advertencia, Selina se marchó a su cuarto, así que fue Anne quien se quedó con Tilly, a quien tenía sujeta por los tobillos. Cuando Jane ya estaba en el siguiente rellano, oyó la voz de Selina.

La compostura es el equilibrio perfecto, una ecuanimidad...

Jane soltó una risita nerviosa y siguió escaleras abajo, llegando a las cabinas telefónicas justo cuando el reloj del vestíbulo daba las seis.

*

Eran las seis en punto de la tarde de aquel 27 de julio. Nicholas acababa de llegar a su habitación. Cuando supo del aprieto en que estaba Tilly, juró por lo más sagrado que saldría de inmediato hacia la oficina del servicio de inteligencia para intentar alcanzar la azotea desde allí.

—Esto no es ninguna broma —le dijo Jane.

—Nadie ha dicho que sea una broma.

—Pues te lo estás tomando con mucha alegría. Date prisa. Tilly está llorando como una magdalena.

—Hace bien, porque han ganado los laboristas.

—Venga, date prisa. Nos la vamos a cargar todas como no consigas...

Pero Nicholas había colgado ya.

Fue a esa hora precisamente cuando Greggie regresó del jardín. Se quedó remoloneando por el vestíbulo, atenta a la llegada de la señora Dobell, la mujer que iba a darles la charla después de cenar. Greggie pensaba llevársela a la salita de la directora, donde harían tiempo tomando jerez hasta que sonara la campana para anunciar la cena. Greggie también esperaba conseguir que la señora Dobell se dejara enseñar el jardín antes de cenar.

Un grito lejano y angustiado resonó por el hueco de la escalera.

—¡Qué barbaridad! —dijo Greggie a Jane, que salía de la cabina telefónica en ese instante—. Este club se está echando a perder. ¿Qué va a pensar la gente? ¿Quién está dando esos gritos en el último piso? Parece como si en esta casa todavía viviera una familia. Las chicas del club os portáis exactamente igual que las criadas de antes cuando el señor y la señora de la casa se marchaban de viaje. Dando botes todo el día y gritando a voz en cuello.

*Tu lira sea cual selva umbría*
*y, si caen mis hojas cual las suyas,*
*su poderosa y mágica armonía…*

—George, quiero que venga George —gimoteaba Tilly desde las alturas con su vocecilla angustiada.

Entonces alguien del piso de arriba tuvo la ocurrencia de amortiguar los gritos poniendo la radio a todo volumen:

*En el Ritz cenaban los ángeles*
*y en Berkeley Square cantaba un ruiseñor.*

Y por un instante dejaron de oír a Tilly. Greggie se asomó a la puerta de delante, que estaba abierta, y un segundo después volvió a entrar, mirando el reloj.

—Las seis y cuarto —dijo—. Tenía que llegar a las seis y cuarto. Diles a las de arriba que bajen la radio. Produce una impresión tan vulgar, tan chusca...

—Al menos es una impresión vulgar y chusca que solo se oye, pero no se ve —dijo Jane.

Atenta a la puerta de la calle, esperaba ver aparecer en cualquier momento el taxi que traería a Nicholas al hotel contiguo, y que tan conveniente les iba a resultar en aquella ocasión.

—Una vez más —dijo Joanna con su voz nítida, hablando con su alumna de turno en su habitación del tercer piso—. Repite las tres últimas estrofas, por favor.

*Lleve, pues, mis pensamientos al Universo*
*y fecunde también las marchitas hojas,*
*por la magia de este verso.*

Y de pronto a Jane le entró una enorme envidia de Joanna, cuyo origen era incapaz de hallar en los entresijos de su juventud. El sentimiento guardaba relación con la profunda admiración que le producía su desapego, esa capacidad suya, ese don, para abstraerse de sí misma y de sus circunstancias. Jane se sintió repentinamente embargada por el desconsuelo, como si la hubieran expulsado del Edén sin llegar a darse cuenta de que estaba en él. Procuró animarse recordando dos datos que había logrado sacar de los típicos comentarios que hacía Nicholas: que el entusiasmo poético de Joanna era algo simplón, y que siempre sería una persona aquejada de cierta melancolía religiosa. Por desgracia, estas ideas no le ofrecieron consuelo alguno.

Por fin apareció el taxi de Nicholas, que entró apresuradamente por la puerta del hotel. Jane echó a correr escaleras arriba justo cuando llegaba otro taxi.

—Ahí tenemos a la señora Dobell —dijo Greggie—. Son las seis y veintidós, nada menos.

En su ascenso, Jane se iba dando empellones con las chicas que bajaban de los dormitorios en nutridos grupos. Avanzando a trompicones, Jane se abrió paso entre ellas. Estaba deseando decirle a Tilly que ya venían a socorrerla.

—¡Jane! —exclamó una chica, alargando la vocal de su nombre—. Vigila esos malditos modales, que casi me matas tirándome por la barandilla.

Pero Jane subía implacable, escalón a escalón.

*Ora duerme el pétalo carmesí, ora el blanco.*

Al llegar arriba se encontró con Anne y Selina, que ahora estaban empeñadas en cubrir la parte inferior del cuerpo de Tilly para darle un aspecto decente. Todavía iban por las medias. Anne le sujetaba una pierna mientras Selina usaba sus largos dedos para irle subiendo la media poco a poco.

—Ya ha venido Nicholas —dijo Jane—. ¿Sabéis si ha salido al tejado ya?

—Ay, que me muero —aulló Tilly—. No puedo más. Llamad a George. Quiero que venga George.

—Por ahí sale Nicholas —dijo Selina.

Gracias a su altura pudo verle salir por la trampilla del ático del hotel, como había hecho últimamente, durante las serenas noches veraniegas. Nicholas tropezó con una alfombra enrollada que había junto a la portezuela, precisamente una de las alfombras que ellos habían sacado para poder tumbarse. Una vez recuperado el equilibrio, Nicholas se encaminó velozmente hacia el ventanuco de las chicas, pero entonces cayó de bruces al suelo, justo cuando un reloj daba las campanadas.

—Las seis y media —se oyó decir Jane en voz muy alta.

De pronto Tilly apareció a su lado, sentada en el suelo del cuarto de baño. Anne también estaba en el suelo hecha un ovillo, tapándose los ojos como si quisiera esconderse de algo. Apoyada en la puerta, Selina parecía anonadada. Abrió la boca para gritar y probablemente lo hizo, pero fue entonces cuando empezó a ascender una vibración que se fue imponiendo desde el jardín, convirtiéndose enseguida en un estallido colosal. La casa volvió a temblar y las chicas, que habían intentado sentarse, acabaron tiradas en el suelo. Todo estaba cubierto de cristales y Jane sangraba por alguna parte. Transcurrió un rato de silencio, que se hizo eterno. El rumor de las voces lejanas, de los gritos, de los pasos en las escaleras y los techos desmoronados hizo reaccionar al fin a las chicas. Jane vio, desenfocada, la cara gigante de Nicholas atisbando por el ventanuco desde fuera. Les estaba pidiendo que se levantaran inmediatamente.

—Ha explotado algo en el jardín —dijo.

—Es la bomba de Greggie—dijo Jane, intentando sonreírle a Tilly—. Resulta que Greggie tenía razón —añadió.

Aquello era tronchante, pero Tilly no se rio, sino que cerró los ojos y apoyó la cabeza en la pared. Como estaba medio desnuda, tenía un aspecto verdaderamente cómico. Jane soltó una sonora carcajada y miró a Nicholas, pero él tampoco parecía tener ni una pizca de sentido del humor.

*

En la calle, a las puertas del club, se veía una pequeña congregación formada por casi todas las socias que en el momento de la explosión estaban reunidas en las salas de la planta baja o en los dormitorios, donde la explosión se escuchó perfectamente, pero sin producir apenas daños. Por ahora ya habían acudido dos ambulancias y una tercera estaba en camino. En el vestíbulo del hotel los equipos de socorro trabajaban para reanimar a varias de las personas afectadas.

Entretanto, Greggie había decidido convencer a la señora de Felix Dobell de que era ella quien había avisado a las socias del club de que se prepararan para un desastre inminente. La señora Dobell, una señorona guapa de considerable altura, estaba en pie al borde de la acera, atenta a lo ocurrido, pero sin hacer demasiado caso a Greggie. Mientras oteaba el edificio con la sabia mirada de una topógrafa, mostraba una insólita serenidad, pese a estar algo aturdida por la explosión. Tras su aplomo había un malentendido, sin embargo, pues daba por hecho que en Inglaterra estallaban bombas olvidadas todos los días y, aparte de la alegría que le daba haber sobrevivido a un incidente bélico, ahora tenía una gran curiosidad en cuanto a las medidas que se iban a adoptar en un caso semejante.

—¿Cuándo calculáis que se disipará la nube de polvo? —preguntó.

—Ya sabía yo que había una bomba enterrada en el jardín —dijo Greggie una vez más—. Lo sabía. He dicho mil veces que había una bomba. Los expertos no la vieron. No la vieron.

Las mujeres que miraban al edificio vieron unas cabezas en uno de los dormitorios de arriba. De pronto la ventana se abrió. Una chica se puso a dar gritos, pero tuvo que apartarse porque se atragantaba con la densa polvareda que rodeaba la casa.

Cuando empezó a salir humo, costaba distinguirlo de la nube de polvo resultante de la explosión. Una tubería de gas reventada provocó un incendio en las calderas que se fue extendiendo sigilosamente por el sótano. Las tímidas llamas pronto fueron feroces llamaradas. La planta de abajo se convirtió en un crepitante infierno de fuego que lamía los grandes cristales de las ventanas buscando la madera de los entrepaños, mientras Greggie insistía en convencer a la señora Dobell. El runrún de su vocecilla se entremezclaba con los gritos desesperados de las chicas y de la gente de la calle, con las estridentes sirenas de las ambulancias y de los coches de bomberos.

—Teníamos un noventa por ciento de posibilidades de estar en el jardín al explotar la bomba —decía Greggie—. ¡Y pensar que íbamos a salir al jardín antes de cenar! Ahora estaríamos las dos muertas, asesinadas, enterradas. Un noventa por ciento de posibilidades, señora Dobell.

—Es algo espantoso —dijo la aludida con la mirada vidriosa de una iluminada, añadiendo con voz entrecortada—: En momentos como este se impone la discreción, que es una prerrogativa de la mujer.

Sus sentidas palabras formaban parte de la charla que pensaba dar después de cenar. Entre frase y frase, la señora Dobell escudriñaba los rostros del gentío que la rodeaba, buscando el de su marido. La aguerrida dama tardaría una semana en acusar los efectos de la explosión, cosa en la que se le había adelantado la directora del club, a quien dos bomberos se llevaban en una camilla.

—¡Felix! —gritó la señora Dobell.

Su marido salía en ese preciso momento del hotel contiguo al club, con el uniforme color caqui verdoso cubierto de hollín y oscuros brochazos de grasa. Tras reunirse con su esposa le explicó que venía de investigar la parte trasera del club.

—Los ladrillos de los muros parecen poco firmes —dijo—. La mitad superior de la escalera de incendios se ha desmoronado. Unas pobres chicas se han quedado atrapadas dentro del edificio. Los bomberos les están diciendo que suban al último piso. Las van a tener que sacar por una claraboya que da a la azotea.

*

—¿Quién dices que eres? —preguntó lady Julia.

—Soy Jane Wright. Llamé la semana pasada para ver si podía usted averiguar algo más sobre...

—Ah, ya. Pues me temo que el Ministerio de Exteriores nos ha dado muy poca información. Como ya sabrás, jamás emiten comunicados oficiales. Por lo que he podido colegir, el hombre este se había convertido en un auténtico incordio, porque estaba empeñado en predicar contra las supersticiones locales. Le habían dicho que se la estaba jugando y al final le han dado su merecido. ¿Y tú de qué le conocías?

—Se trababa con varias de las chicas del May of Teck en sus tiempos de civil, quiero decir, antes de meterse en la Orden esa. Estaba en el club la noche de la tragedia, incluso, y por eso...

—Pues entonces le debió de afectar el cerebro. Algo le pasó, eso seguro, porque se rumoreaba que estaba completamente ido, aunque nadie lo dijera claramente...

*

La claraboya, clausurada desde hacía años por orden de una directora que se puso histérica cuando un hombre se coló en el club para visitar a una chica, se acabaría abriendo tarde o temprano. Bastaba con que alguien decidiera llamar a los bomberos. Era cuestión de tiempo.

Pero ese día concreto el tiempo no era un factor a tener en cuenta. Desde luego no lo era para las chicas del May of Teck, trece nada menos, que se quedaron atrapadas con Tilly Throvis-Mew en las plantas superiores de la residencia cuando, tras la explosión del jardín, el fuego empezó a extenderse por el edificio. Una parte enorme de la escalera de incendios —esa escalera perfectamente segura que salía en el manual de emergencias leído en voz alta a las socias durante la cena— era ya una gigantesca chatarra con forma de zigzag y estaba tirada en mitad del jardín, rodeada de tierra removida en la que se veían las raíces de las plantas.

El tiempo, temido por las mujeres que esperaban en la calle y por los bomberos que trabajaban en la azotea, era solo un remoto recuerdo para las chicas del último piso, que no solo seguían aturdidas por el efecto de la explosión, sino que, al reaccionar un poco y mirar a su alrededor, se quedaron atónitas ante la repentina dislocación de todo su entorno cotidiano. En la pared del fondo había un hueco por el que se veía el cielo. Para esas chicas de la Inglaterra de 1945, que estaban viviendo su propia tragedia, el tiempo era algo tan insignificante y remoto como lo habría sido si todas ellas fueran las ingrávidas astronautas de un cohete espacial. Por eso sucedían cosas tan extrañas como que Jane se levantara de pronto y echara a correr hacia su habitación donde, llevada por su instinto animal, agarró y engulló entero el gran pedazo de chocolate que seguía intacto sobre su mesa. La sustancia dulzona le dio fuerzas al instante. Cuando regresó al cuarto de baño vio que Tilly, Anne y Selina se estaban poniendo en pie lentamente, y oyó unos gritos que parecían venir del tejado. Una cara desconocida apareció por el ventanuco al que una mano enorme le arrancó de cuajo el marco de madera.

Pero el fuego ya subía por la escalera principal, precedido de unos heráldicos tirabuzones de humo y unas llamas que se deslizaban sigilosamente por las barandillas.

Las chicas que estaban en sus habitaciones del segundo y tercer piso en el momento de la explosión resultaron menos afectadas que las de la parte superior del edificio, seriamente dañada en un bombardeo al inicio de la guerra. Las chicas del segundo y tercer piso tenían heridas y moratones, pero estaban más impresionadas por el estruendo que gravemente afectadas por la explosión.

Varias de las chicas del dormitorio del segundo piso tuvieron los suficientes reflejos como para lanzarse escaleras abajo, y así lograron salir a la calle en el lapso entre el estallido de la bomba y el comienzo del fuego. Las diez restantes hicieron varias intentonas de huir por la misma vía, pero se toparon con las llamas y tuvieron que retroceder.

Joanna y Nancy Riddle, que acababan de terminar la clase de elocución, estaban en la puerta de la habitación de Joanna cuando estalló la bomba y gracias a ello se libraron de las esquirlas de cristal de la ventana. Pero Joanna se cortó la mano con el cristal de un diminuto reloj de viaje al que estaba dando cuerda en ese instante. Por eso se enteró de la gravedad del suceso cuando las chicas de su planta se pusieron a chillar al ver ascender el fuego por la escalera y fue ella quien exclamó:

—¡La escalera de incendios!

Pauline Fox echó a correr tras ella y todas las siguieron por los pasillos de la segunda planta y escaleras arriba hacia el pasadizo del tercer piso, donde siempre estuvo la salida de emergencia. Pero al llegar vieron que el fondo de la tercera planta parecía una especie de trampolín sobre el cielo de la noche, pues el muro se había desmoronado llevándose por delante la escalera de incendios. Las diez mujeres, apiñadas ante el enorme agujero, oyeron caer los fragmentos de escayola que rellenaba las grietas entre los ladrillos. Como ninguna de ellas acababa de creérselo, buscaron con la mirada la escalera de incendios. Del jardín les llegaban los gritos de los bomberos. Y de la azotea les llegaban voces, hasta que el vozarrón de un bombero les dijo claramente que se echaran atrás, no fuera a ser que el suelo donde estaban se viniera abajo.

—Avancen hacia el piso superior —les ordenó la voz.

—Jack se preguntará qué me ha pasado —dijo Pauline Fox.

Ella fue la primera en subir por las escaleras de atrás y llegar a los aseos donde Anne, Selina, Jane y Tilly habían logrado ponerse en pie, ya algo más tranquilas, pues al menos sabían que aquello era un incendio. Selina se estaba quitando la falda. Sobre sus cabezas, en mitad del techo abuhardillado, se veía el enorme contorno de la vieja claraboya clausurada. Tras ese gran cuadrado sonaba el estruendo de las voces de los bomberos, del roce de las escaleras de mano que arrastraban por la azotea y de los golpetazos que daban a los ladrillos. Querían hallar el modo de atravesar la claraboya para rescatar a las chicas, que alzaban su mirada esperanzada hacia el cuadrado del techo.

—¿Es que no se puede abrir? —dijo Tilly.

Nadie le contestó, porque las chicas del club tenían la respuesta clarísima. Todas se sabían de memoria la heroica leyenda del hombre que entró por la claraboya y, según decían, acabó en la cama de una chica, donde les descubrieron a los dos.

Selina se había subido a la tapa del retrete, desde donde saltó hacia el ventanuco con un ágil movimiento en diagonal, y salió a la azotea. En ese momento había trece mujeres en el cuarto de baño, todas con la tensa actitud del animal ante el peligro, atentas a las siguientes instrucciones del megáfono del tejado.

Anne Baberton siguió a Selina por el ventanuco, no sin cierta dificultad, porque estaba nerviosa. Pero por el hueco aparecieron dos manos masculinas dispuestas a ayudarla. Tilly Throvis-Mew se echó a llorar. Pauline Fox se quitó precipitadamente el vestido y la ropa interior, hasta quedar completamente desnuda. Tenía un cuerpo raquítico. Podría haber pasado por el ventanuco completamente vestida, pero salió desnuda como un pez.

La única que lloraba desconsolada era Tilly, aunque todas las demás estaban temblando. Tras la parte inclinada del techo dejaron de oírse voces, porque los bomberos habían dejado de investigar la claraboya del tejado abuhardillado y estaban otra vez en la parte plana. Del otro lado del ventanuco llegaba el ruido de los hombres andando y moviéndose por la azotea donde Selina había pasado el verano con Nicholas, envueltos en las alfombras y mirando la constelación del Carro, la única vista del centro de Londres que todavía conservaba su estado original.

Las once mujeres que seguían en el cuarto de baño oyeron por el ventanuco la voz de un bombero mezclada con las instrucciones simultáneas que daba el jefe a sus hombres por el megáfono.

—Quedaos donde estáis —dijo el hombre de la ventana—. No tengáis miedo. Nos van a traer unas herramientas para romper los ladrillos de la claraboya. No tardaremos mucho. Es cuestión de tiempo. Estamos haciendo todo lo posible para sacaros. Seguid donde estáis. No tengáis miedo —repitió—. Es cuestión de tiempo.

La cuestión del tiempo alcanzaba por fin su merecida relevancia en la vida de las once mujeres atrapadas.

*

Habían pasado veintiocho minutos desde que estalló la bomba en el jardín. Nada más comenzar el incendio, Felix Dobell se unió a Nicholas Farringdon en la azotea. Entre los dos ayudaron a las tres chicas delgadas a salir por el ventanuco. Después envolvieron a Anne y a la desnuda Pauline Fox en las dos alfombras de uso variable y las metieron por la trampilla del tejado del hotel contiguo, cuyas ventanas traseras se habían roto por el efecto de la bomba. En medio del caos que se había desatado, a Nicholas le impresionó por unos segundos el hecho de que Selina permitiera a las otras chicas usar sus alfombras. Entretanto, ella estaba de pie en la azotea, temblando como un corzo herido, pero con su encanto habitual intacto, pese a que solo llevaba una combinación blanca y estaba descalza. Nicholas pensó que si Selina se había quedado arriba, tenía que ser por él, puesto que Felix había bajado con las otras dos chicas para acompañarlas a las ambulancias donde les iban a administrar los primeros auxilios. Pese a todo, dejó a Selina sola en la azotea del hotel, perdida en sus pensamientos, y regresó al ventanuco del club para ver por sí mismo si alguna de las chicas que quedaban dentro era lo bastante delgada para salir por el estrecho hueco. Según los bomberos, el edificio podía venirse abajo durante los siguientes veinte minutos.

Mientras Nicholas se encaminaba hacia el ventanuco, Selina pasó silenciosamente a su lado y volvió a subirse al tejado del club, poniendo las dos manos sobre el marco de la ventana.

—¿Qué haces? —dijo Nicholas—. Bájate de ahí.

Intentó agarrarla de los tobillos, pero ella se le adelantó y, tras quedarse agazapada durante unos instantes sobre el marco del ventanuco, metió la cabeza por la abertura y entró de un salto en el cuarto de baño.

Al verla Nicholas pensó que debía de pretender rescatar a alguna de las chicas o ayudarlas a todas a salir por ese lugar.

—Ven aquí, Selina —gritó, subiéndose al tejado inclinado para asomar la cabeza hacia el interior—. Es peligroso. Tú no puedes hacer nada para ayudarlas.

Por lo que estaba viendo, Selina se había limitado a abrirse paso entre las chicas que quedaban abajo, que se apartaron sin oponer la menor resistencia. Estaban todas muy calladas, menos Tilly, que ahora sollozaba dando respingos, pero sin lágrimas en los ojos. En cuanto al resto de las chicas, tenían la cabeza vuelta hacia el rostro de Nicholas, mirándole con esa intensa expresión que produce el pánico.

—Ya vienen los hombres a abrir la claraboya —les dijo él—. Llegarán enseguida. ¿Creéis que alguna de vosotras podría salir por la ventana esta? Yo os puedo echar una mano... Pero daos prisa. Cuanto antes, mejor.

Joanna tenía en la mano una cinta de medir. En algún momento entre el descubrimiento de que la claraboya estaba clausurada y el inicio del rescate, Joanna se había puesto a registrar uno de los dormitorios de arriba, hasta dar con un metro para medir las caderas a las diez chicas que se habían quedado atrapadas con ella, incluidos los casos perdidos, para ver qué posibilidades tenían de poder salir por el ventanuco de dieciocho centímetros de anchura. El club entero sabía que 92,4 era la máxima medida de caderas que cabía por el ventanuco, pero como había que salir de lado y contoneando los hombros, el asunto dependía tanto del tamaño de los huesos de cada una como de las distintas texturas de la piel y la mayor o menor flexibilidad de los músculos, pues si unos cuerpos se amoldaban fácilmente, otros eran demasiado rígidos. A Tilly le sucedía precisamente esto último. Pero ninguna de las mujeres que quedaban en el piso de arriba, salvo ella, tenía una delgadez ni remotamente parecida a la de Selina, Anne y Pauline Fox. Algunas de ellas estaban simplemente rechonchas. Jane estaba gorda. Dorothy Markham, que en otros tiempos salía y entraba ágilmente por el ventanuco para tomar el sol en la azotea, estaba ahora embarazada de dos meses, cosa que había añadido casi tres centímetros a su tersa tripa. El empeño de Joanna de medirlas a todas había sido como uno de esos procedimientos científicos que se aplican en un caso perdido, pero al menos les proporcionó un entretenimiento que les calmó algo los nervios a todas.

—No tardarán mucho —les dijo Nicholas—. Ya vienen.

El escritor aún seguía asomado al ventanuco, con las manos agarradas al marco y las puntas de los pies clavadas en los ladrillos del muro. Al oír un ruido volvió la cabeza hacia el extremo de la azotea donde los hombres tenían puestas las escaleras del coche de bomberos. En ese momento, subían por ellas varios bomberos armados de picos, mientras otros cargaban con unas enormes taladradoras.

Una vez más, Nicholas se asomó al interior del aseo.

—Ahí están —les informó—. ¿Dónde se ha metido Selina? —preguntó.

A eso no le respondió nadie.

—Esa chica de ahí —dijo, señalando con un gesto de cabeza—. ¿No podría intentar salir por la ventana?

Se refería a Tilly.

—Ya lo ha intentado —dijo Jane—. Y se quedó atascada. Desde aquí se oye perfectamente el ruido del fuego al ir subiendo. La casa se va a caer de un momento a otro.

En ese preciso instante se empezó a oír el estrépito de los picos al aporrear el techo abuhardillado, pero no con el ritmo regular de las obras, sino con la desesperada prisa que les marcaba el inminente peligro. Era cuestión de tiempo que sonaran los silbatos y la voz del megáfono ordenara a los hombres abandonar el edificio antes de que se viniera abajo.

Apartándose de la ventana, Nicholas observó la situación desde fuera. En ese momento por el hueco apareció la cabeza de Tilly, que parecía dispuesta a hacer un segundo intento. Al verle la cara se dio cuenta de que era la chica que se había quedado atascada justo antes de la explosión, cuando le hicieron venir precisamente para sacarla a ella. Nicholas le dijo a gritos que se quitara de allí, no fuera a ser que volviera a quedarse atrapada otra vez, haciendo peligrar su más que probable rescate por la claraboya. Pero ella, envalentonada por lo angustioso de la situación, le dijo con voz chillona que estaba desesperada, como si quisiera escuchar su propia voz para darse ánimos. El caso es que al final triunfó en su empeño. Nicholas consiguió sacarla, rompiéndole uno de los huesos de la cadera durante la hazaña. Cuando, una vez fuera, la dejó tumbada en el suelo de la azotea, Tilly se desmayó.

Nicholas volvió a asomarse al ventanuco y vio que las chicas estaban todas calladas y temblorosas, apretujándose en torno a Joanna con los ojos alzados hacia la claraboya. Tras oírse un formidable crujido en la planta baja, la parte superior del aseo empezó a llenarse de humo. Por la puerta que daba al pasillo, Nicholas vio a Selina envuelta en una densa bruma. En los brazos llevaba algo alargado y lacio que abrazaba con mimo, aunque evidentemente pesaba poco. Por un momento, a Nicholas le pareció un cuerpo humano. Tras anunciarse con una tosecilla producida por el humo del pasillo, Selina se abrió paso entre las chicas. Todas ellas se quedaron mirándola, temblando por la prolongada tensión, pero sin la menor curiosidad hacia lo que había ido a buscar ni lo que llevaba en las manos. Por enésima vez Selina se subió al retrete y salió ágilmente por el hueco de la ventana, sacando después el misterioso objeto con un movimiento ligero y veloz. Ofreciéndole la mano, Nicholas la ayudó a bajar de un salto al suelo de la azotea. Una vez a salvo, Selina dijo:

—¿Estamos seguros aquí?

Pero no parecía demasiado preocupada, porque estaba escudriñando atentamente lo que había sacado del club, para ver en qué condiciones estaba. De nuevo, la compostura había resultado ser el equilibrio perfecto. El objeto misterioso era el traje de Schiaparelli, con la percha colgando como unos hombros con el cuello descabezado.

—¿Estamos seguros aquí? —repitió Selina.

—Ya no queda ningún sitio seguro —le dijo Nicholas.

Después, al reflexionar sobre esta fugaz escena, no lograría recordar si se había santiguado involuntariamente o no. Pero Felix Dobell, que había reaparecido en el tejado, se quedó mirándole asombrado y después contaría a quien quisiera oírle que Nicholas se había persignado porque era un hombre supersticioso y aquel era su modo de agradecer que Selina estuviera a salvo.

En cuanto a la pragmática Selina, ya corría veloz hacia la trampilla del hotel. Entretanto, Felix Dobell había tomado a Tilly en sus brazos, pues, aunque esta había recuperado el sentido, sus heridas le impedían andar. Caminando con paso lento hacia la trampilla del hotel, Felix Dobell veía avanzar a Selina con el vestido entre las manos, vuelto del revés para conservarlo bien.

Por el ventanuco salía ahora un sonido distinto, apenas audible debido al continuo chorreo del agua de la manguera, a los chasquidos de las vigas ardiendo en la parte inferior del edificio y, en la parte superior, al estruendo de los hombres que partían ladrillos con los picos. El sonido nuevo era un zumbido con altibajos, pero que se mantenía firme entre las desesperadas toses de las chicas medio ahogadas. Era Joanna recitando de memoria el misal de vísperas del día vigésimo séptimo, con los correspondientes responsos.

—Dígales a las de dentro que se aparten de la claraboya —ordenó la voz del megáfono—. Esto lo vamos a abrir de un momento a otro. Puede que los ladrillos que quedan caigan hacia dentro. Así que dígales a las chicas que se aparten de la claraboya.

Nicholas se volvió a encaramar al tejado. Pero las chicas de dentro, que ya habían oído las instrucciones, se estaban metiendo en el aseo más cercano al ventanuco, ignorando el rostro del hombre que aparecía en él continuamente. Como si Joanna las hubiera hipnotizado, se arremolinaban todas en torno a ella, que a su vez también parecía hipnotizada por las extrañas oraciones del día vigésimo séptimo del libro anglicano de los salmos, aplicables a prácticamente todos los tipos y condiciones de la vida humana en ese preciso momento del mundanal devenir, cuando los trabajadores londinenses volvían a casa arrastrando los pies por los senderos del parque, observando con curiosidad los coches de bomberos a lo lejos; cuando Rudi Bittesch estaba sentado en su piso de Saint John's Wood intentando, sin éxito, llamar a Jane al club para hablar con ella en privado; y cuando el partido laborista acababa de llegar al poder mientras en otras partes del mundo había gente durmiendo, haciendo cola para conseguir los víveres de su cartilla de racionamiento, tocando el tantán, protegiéndose de un bombardeo en un refugio, o montando en los coches de choque de una feria.

—Apartaos de la claraboya todo lo que podáis —gritó Nicholas—. Poneos aquí, debajo de la ventana pequeña.

Las chicas se acurrucaron en la parte correspondiente del aseo. Jane y Joanna, que eran las más grandes, se pusieron de pie sobre la tapa del retrete para hacer sitio a las demás. Desde su puesto, Nicholas vio que todas tenían la cara perlada de sudor. Al fijarse en Joanna, a quien tenía ahora muy cerca, se dio cuenta de que parecía tener la piel cubierta de unas enormes pecas, como si el miedo le hubiera producido un efecto parecido al del sol. Lo cierto era que las pálidas pecas de su rostro, normalmente invisibles, se habían convertido en unas brillantes manchas doradas que contrastaban con su piel blanca, ahora lívida debido al miedo. De sus labios macilentos fluían sin cesar los versículos y responsos, pese al estruendo de la demolición.

*Grandes cosas ha hecho el Señor con nosotros; estaremos alegres.*
*Acaba con nuestra cautividad, Señor; como los arroyos en el austro.*
*Quienes siembran con lágrimas, con júbilo segarán.*

¿Por qué motivo y con qué intención estaba Joanna haciendo aquello? Conocía bien los textos y aprendió a recitar siendo muy pequeña. Lo curioso era haber decidido hacerlo en aquellas circunstancias y en actitud de hallarse ante un público. Llevaba un sencillo jersey de lana verde oscuro y una falda gris. Las otras chicas oían su voz de manera automática, como hacían siempre, lo que tal vez les calmara algo los nervios y el temblor, pero parecían escuchar con mayor respeto y atención los sonidos procedentes de la claraboya, más atentas a su significado que al de las palabras del salmo del vigésimo séptimo día.

*Si el Señor no construye la casa, en vano trabajan quienes la construyen.*
*Si el Señor no guarda la ciudad, en vano trabaja la guardia.*

*En vano es que os levantéis de madrugada y vayáis tarde a descansar*

  *y os desviváis por ganaros el pan.*

  *Pues Dios concede el reposo a sus fieles.*

  *He aquí...*

Es probable que la liturgia de cualquier otro día tuviera el mismo efecto hipnótico. Pero Joanna tenía la costumbre de buscar siempre las palabras más adecuadas para cada día. Sin previo aviso, la claraboya se abrió con un chorro de escayola pulverizada y ladrillos rotos. Aún caía polvo blanco cuando por el hueco apareció la escalera de los bomberos. La primera en subir fue Dorothy Markham, la parlanchina debutante cuyos últimos cuarenta y tres minutos de vida la tenían sumida en una desconcertante oscuridad, como una farola de un pueblo de mar que se hubiera quedado repentinamente sin luz. Las ojeras, acentuadas por la tensión, le daban un aspecto curiosamente parecido al de su tía, lady Julia, la presidenta del comité del club May of Teck, que en ese momento estaba en Bath haciendo paquetes de ayuda para los refugiados y completamente ajena a lo sucedido. Lady Julia tenía el pelo tan blanco como su sobrina Dorothy en aquel momento, cuando ascendía por la escalera con la cabeza cubierta de polvo de escayola para salir por el techo abuhardillado hacia la seguridad de la azotea. Pisándole los talones iba Nancy Riddle, la hija del cura de la Baja Iglesia cuyo acento típico de la Inglaterra central había ido mejorando gracias a las clases que le daba Joanna. Pero sus días de elocución ya eran historia y el deje de las Midlands la acompañaría de por vida. En aquellos instantes sus caderas parecían peligrosamente anchas, más que nunca, mientras subía tras Dorothy por la escalera. Tres de las chicas que quedaban intentaron seguirla todas a la vez, las tres procedentes de un dormitorio para cuatro de la tercera planta y recién dadas de alta en el ejército; las tres con ese aspecto fornido y musculoso que adquieren las mujeres militares al cabo de cinco años de alistamiento. Mientras el terceto se organizaba, Jane subió reciamente por la escalera y desapareció. Entonces las tres aguerridas jóvenes la siguieron.

En cuanto a Joanna, se había bajado de la tapa del retrete y estaba dando vueltas en círculo, medio tambaleándose, como una peonza a punto de dejar de girar. Con una extraña expresión, había dejado de mirar hacia la claraboya y tenía los ojos puestos en la ventana. De sus labios salía aún la terca letanía del salmo, pero al tener la voz debilitada tuvo que pararse a toser. En la habitación seguía habiendo una densa humareda mezclada con polvo de escayola. Aparte de ella, todavía quedaban otras tres chicas. Joanna alargó un brazo hacia la escalera, que por algún motivo no logró agarrar. Entonces se agachó a recoger la cinta métrica. Manoteando el suelo como si estuviera medio ciega, seguía canturreando:

*Y no hayan de decir quienes pasan:*
*la bendición del Señor sea sobre vosotros,*
*os bendecimos en nombre del Señor.*

*Desde las profundidades clamo...*

Las otras tres se apoderaron de la escalera y una de ellas, una chica sorprendentemente esbelta cuyos disimulados huesos eran obviamente demasiado grandes para haberle permitido salir por el ventanuco, le gritó:

—Date prisa, Joanna.

Entre tanto, Nicholas bramaba desde arriba:

—Joanna, sube por la escalera.

Como si hubiera vuelto repentinamente en sí, Joanna comenzó a ascender tras las dos últimas chicas, una fornida nadadora de piel morena y una voluptuosa exiliada griega de noble cuna, ambas llorando de alivio. Joanna ocupó su lugar tras ellas, poniendo una mano sobre el travesaño de donde acababa de levantar el pie la chica que iba delante. En ese momento tembló todo: la casa, la escalera y el cuarto de baño. El incendio estaba apagado, pero el edificio sin cimientos cedía al fin bajo la presión de la violenta labor acometida por los bomberos en la claraboya. Cuando Joanna estaba en la mitad de su ascenso sonó un silbato. La voz del megáfono ordenaba a todos los hombres que se marcharan de inmediato. Mientras el último bombero esperaba a que Joanna saliera por la claraboya, el edificio se venía abajo. En el momento en que el tejado abuhardillado comenzaba a derrumbarse, el hombre saltó a la azotea contigua, dañándose al caer en una mala postura. El edificio, hecho pedazos, se colapsó hacia dentro y se llevó a Joanna consigo.

## 9

La grabación la habían borrado entera, por una cuestión de ahorro, para poder reutilizar la cinta. Así eran las cosas en 1945. Pero a Nicholas aquel asunto le indignó profundamente. Hubiera querido ponerle la voz grabada de Joanna al padre de la chica, que había acudido a Londres tras el entierro, para rellenar los impresos correspondientes al registro de los fallecidos durante la guerra. Nicholas le había escrito una carta para contarle cómo fueron los últimos momentos de su hija, en parte por curiosidad, pero también porque quería organizar un acto algo melodramático basado en la cinta de Joanna recitando el «Naufragio del *Deutschland*». En su carta ya le había hablado al padre de Joanna de la grabación.

Pero la atesorada voz había desaparecido. Alguien de su oficina la debía de haber borrado.

*Tú me uniste los huesos y venas, me diste la piel.*
*Mas todo, con espanto, tornaste a deshacer.*
*Entonces, ¿cómo ahora me tocas otra vez?*

—Es indignante —le dijo Nicholas al párroco—. El «Naufragio del *Deutschland*» lo recitaba de maravilla. No sabe usted cuánto lo siento.

Estaba sentado con el padre de Joanna, un anciano de mejillas sonrosadas y pelo blanco que le escuchaba atentamente.

—No te preocupes, te lo ruego —dijo.

—Me da pena que no lo haya podido oír.

Como para consolar a Nicholas del disgusto, el párroco murmuró con una sonrisa nostálgica:

*Era el velero* Hesperus
*surcando el proceloso mar...*

—No, no —dijo Nicholas—. El *Deutschland*, era el «Naufragio del *Deutschland*».

—Ah, el *Deutschland* —dijo el párroco.

Con un gesto característico de su nariz aguileña, tan británica, el anciano pareció olisquear el aire en pos de la respuesta.

Esto indujo a Nicholas a hacer un último intento de recuperar la grabación. Era domingo, pero logró que uno de sus compañeros de trabajo se pusiera al teléfono.

—Tú no sabrás, por casualidad, si alguien se llevó una cinta de la caja esa que pedí prestada en la oficina, ¿verdad? Cometí la estupidez de dejármela en mi despacho. Y alguien me ha quitado una cinta importante. Un asunto privado.

—No, no creo que... Un momento... Sí, pues es cierto que lo han borrado. Era poesía. Lo siento, pero ya sabes que hay que cumplir las normas para ahorrar... ¿Qué te parecen las últimas noticias? Son impresionantes, ¿no?

—Pues sí, es verdad que lo han borrado —le dijo Nicholas al padre de Joanna.

—No te preocupes —dijo el párroco—. Siempre me quedará el recuerdo de Joanna en la rectoría. Pobrecilla, venirse a Londres fue un error.

Poniéndole más whisky en el vaso, Nicholas empezó a añadirle agua. Con un gesto irritado, el clérigo le indicó con la mano el momento en que la bebida ya estaba a su gusto. Tenía las manías propias de un viudo que llevara años viviendo solo, o de una persona poco acostumbrada a los reproches que suelen escuchar quienes viven entre mujeres dotadas de sentido crítico. De pronto Nicholas se dio cuenta de que el párroco no tenía la menor idea de cómo había sido la vida de su hija. Eso le consoló del fracaso de su recital, pues era posible el anciano ni siquiera hubiera reconocido a la Joanna del *Deutschland*.

*La mueca de su faz, un abismo infernal.*
*¿Dónde... dónde... dónde había allí un lugar?*

—Me desagrada Londres —dijo el clérigo—. Solo vengo si no me queda más remedio, cuando tengo un sínodo o algo así. Ojalá Joanna hubiera podido encontrar una ocupación en la rectoría. Era una chica inquieta, pobrecilla —añadió, tomándose el whisky como si hiciera gárgaras, echando la cabeza hacia atrás.

—Joanna estaba recitando algo del misal justo antes de venirse abajo el edificio —dijo Nicholas—. Las otras chicas estaban con ella, escuchándola, en cierto modo. Eran unos salmos.

—¿En serio? Nadie me había contado nada —dijo el anciano, con un gesto abochornado.

El párroco agitó su bebida y se la terminó de un trago, como si Nicholas estuviera a punto de contarle que su hija había muerto de un modo vergonzante, o que se había ido de peregrina a Roma.

—Joanna tenía un gran ímpetu religioso —le dijo Nicholas con vehemencia.

—Eso ya lo sé, hijo mío —respondió el cura, para su gran asombro.

—Tenía muy presente la idea del infierno. A una amiga suya le contó el miedo que le daba.

—¿En serio? No lo sabía. Jamás la oí hablar de sus temores. Eso sería por la influencia de Londres. Por lo que a mí se refiere, solo vengo si no me queda más remedio. En mis tiempos mozos me dieron la parroquia de Balham. Pero desde entonces siempre me ha tocado en el campo. A decir verdad, prefiero las parroquias rurales. Es donde uno se encuentra con las almas más devotas y hasta con alguna que otra alma santa.

Nicholas se acordó de un amigo suyo, un psicoanalista que le había escrito una carta sobre su intención de ejercer en Inglaterra al terminar la guerra, «para alejarme de este ambiente cargado de ansiedad y lleno de neuróticos».

—Hoy en día el cristianismo está en las parroquias rurales —le dijo este buen pastor experto en la mejor carne de cordero.

Para rubricar su opinión sobre el asunto, el cura dejó el vaso de whisky encima de la mesa, mientras su tristeza por la pérdida de Joanna la achacaba, una y otra vez, a la decisión de su hija de marcharse de la rectoría.

—Tengo que ir a ver el lugar donde murió —dijo a modo de colofón.

Nicholas se había comprometido a llevarle al edificio destruido de Kensington Road, pero el párroco se lo recordaba cada poco, como si temiera marcharse de Londres sin haber cumplido con su deber.

—Se puede ir andando, así que le acompaño —le dijo Nicholas.

—Bueno, no querría desviarte de tu camino, pero te estaré muy agradecido —dijo el cura—. ¿Qué te parece esta última bomba? ¿Tú crees que será una operación de propaganda?

—No lo sé, señor —dijo Nicholas.

—Estas cosas le dejan a uno espantado. Si es cierto, tendrán que pactar un armisticio —dijo el anciano, mirando a su alrededor mientras caminaban hacia Kensington—. Estas zonas bombardeadas son una verdadera tragedia. Yo solo vengo a Londres si no me queda más remedio, ¿sabes?

Al cabo de unos instantes, Nicholas le preguntó:

—¿Ha visto usted a alguna de las chicas que se quedaron encerradas en la casa con Joanna, o a alguna de las otras socias?

—Sí, he visto a bastantes de ellas. Lady Julia tuvo la amabilidad de invitar a varias de ellas a tomar el té en su casa ayer, para que me conocieran. Desde luego, esas chicas han pasado por una experiencia tremenda, incluso las que no se vieron directamente implicadas. Por eso lady Julia me sugirió que no habláramos abiertamente del asunto. Te diré que me pareció una sugerencia oportuna por su parte.

—Lo es —dijo Nicholas—. ¿Y recuerda usted el nombre de alguna de las chicas?

—Estaba la sobrina de lady Julia, Dorothy, y una señorita Baberton que logró escapar por una ventana, creo. Pero había varias más.

—¿Había una señorita Redwood? ¿Selina Redwood?

—Pues te diré que se me dan bastante mal los nombres.

—Una chica muy alta y delgada, muy guapa —dijo Nicholas—. Me gustaría dar con ella. Tiene el pelo oscuro.

—Eran todas muy atractivas, hijo mío. La gente joven siempre resulta encantadora. A mí Joanna me parecía la mejor de todas, pero en eso no puedo ser imparcial.

—Era una chica encantadora —dijo Nicholas en son de paz.

Pero el anciano había intuido su interés con la pericia del párroco ante un terreno bien trillado, por lo que le preguntó con voz solícita:

—Esa joven de la que me hablas, ¿acaso ha desaparecido?

—No consigo dar con ella —dijo Nicholas—. Llevo nueve días dedicado al asunto.

—Qué raro. ¿Y si resulta ser un caso de amnesia…? Tal vez ande extraviada por las calles…

—En ese caso, ya habrían logrado dar con ella. Es una chica muy llamativa.

—¿Y qué dice su familia?

—Su familia está en Canadá.

—Quizá se haya ido para intentar olvidarlo todo. Sería comprensible. ¿Era una de las chicas que se quedaron atrapadas?

—Sí —dijo Nicholas—. Consiguió salir por una ventana.

—Por tu descripción, no creo yo que estuviera en casa de lady Julia. Quizás podrías llamarla y preguntárselo.

—Ya la he llamado, a decir verdad. Parece no saber nada de Selina, y las demás chicas tampoco. Pero yo tenía la esperanza de que pudieran haberse equivocado. Ya sabe usted cómo son estas cosas.

—Selina... —dijo el párroco.

—Sí, ese es su nombre.

—Un momento. Ahora que me acuerdo, sí que se habló de una tal Selina. Una de las chicas, una jovencita de buen aspecto, se quejó de que Selina se había llevado su único traje de noche. ¿Puede ser esa?

—Esa es.

—No es muy amable de su parte eso de birlarle el vestido a otra chica, sobre todo cuando todas habían perdido la ropa en el incendio.

—Era un vestido de Schiaparelli.

El párroco prefirió no intervenir más en el enigma aquel. Al poco llegaron donde estuvo el club May of Teck. Ahora parecía uno de los muchos lugares asolados que había en ese barrio, como si le hubiera caído una bomba hacía ya años, o un misil teledirigido acabara de destruirlo hacía apenas unos meses. Las baldosas del sendero del porche estaban desperdigadas por el suelo, sin llevar a ninguna parte. Las columnas tumbadas por doquier daban al lugar un aspecto de ruina romana. En la parte trasera había un muro medio derruido que parecía perdido en mitad de la nada. El jardín de Greggie era un montón de escombros donde habían brotado unas extrañas plantas con alguna florecilla. Las baldosas rosas y blancas del vestíbulo mostraban estados variados de abandono, mientras en la parte inferior del maltrecho muro ondeaba un pedazo del célebre papel marrón con el que estaban forradas las paredes del salón del club.

Quitándose el sombrero negro de ala ancha, el padre de Joanna contempló la escena.

*Hileras de manzanas en el desván…*

Al cabo de unos instantes el párroco murmuró:

—La verdad es que no hay nada que ver.

—Es un caso parecido al de mi grabación —dijo Nicholas.

—Sí —respondió el anciano—. No queda nada. Todo eso ha dejado de existir.

\*

Rudi Bittesch se acercó a una pila de cuadernos que había sobre la mesa de Nicholas, hojeando las páginas de alguno de ellos.

—Por cierto, ¿esto es tu manuscrito? —le preguntó.

Normalmente Rudi no se habría tomado la libertad de fisgar entre los papeles de Nicholas, pero en ese momento su amigo estaba en deuda con él, porque Rudi había descubierto el paradero de Selina.

—Quédatelo —le dijo Nicholas, en referencia al manuscrito—. Quédatelo. Puede que un día valga algo cuando yo sea famoso —añadió sin imaginar ni remotamente la extraña muerte que le habría de deparar el destino.

Rudi sonrió al oírle, pero se metió los cuadernos bajo el brazo.

—¿Te vienes? —le preguntó a Nicholas.

Cuando ya iban de camino con la idea de recoger a Jane para acudir todos juntos a la celebración del palacio de Buckingham, Nicholas dijo:

—En cualquier caso, no voy publicar el libro. He destruido el texto mecanografiado.

—Maldita sea, tengo que acarrear los cuadernos estos y ahora me das ese notición. ¿De qué me van a valer si no publicas nada?

—Quédatelos. Nunca se sabe.

Rudi era un hombre cauto. Por eso se quedó con *Los cuadernos sabáticos*, a los que acabaría sacando provecho.

—¿Te interesaría también una carta de Charles Morgan diciendo que soy un genio? —le preguntó Nicholas.

—Veo que estás contento, aunque no tengas ni un puñetero motivo para estarlo.

—Pues sí —dijo Nicholas—. Entonces, ¿te quieres quedar la carta esa?

—¿Qué carta?

—Aquí la tienes —dijo Nicholas.

Del bolsillo interior de la chaqueta se sacó la carta de Jane, arrugada como una vieja fotografía conservada por su valor histórico.

Rudi le echó un vistazo.

—Eso te lo ha hecho Jane —dijo, devolviéndoselo—. ¿Por qué estás tan contento? ¿Has visto a Selina?

—Sí.

—¿Y qué te ha dicho?

—Me ha dado muchos gritos. No podía parar de gritar. Era una reacción nerviosa.

—Al verte se habrá acordado de todo el asunto. Ya te dije que no la persiguieras.

—La pobre no podía parar de gritar.

—La habrás asustado.

—Sí.

—Te lo dije. No parece que le vaya muy bien, por cierto, con ese cantante de Clarges Street. ¿Le has visto?

—Sí, es un chico de lo más amable. Están casados.

—Eso dicen ellos. Pero a ti te conviene una chica con más carácter. Olvídate de ella.

—Ya. El caso es que él me pidió disculpas por los gritos de ella y yo le pedí disculpas a él, por supuesto. Pero solo conseguimos hacerla gritar más. Creo que casi habría preferido que nos peleáramos.

—No la quieres lo bastante como para pelearte con un cantante cualquiera.

—Es un cantante bastante bueno.

—¿Le has oído cantar?

—Pues no, la verdad. En eso tienes razón.

En cuanto a Jane, había recuperado su estado habitual de optimismo melancólico, y vivía en una habitación amueblada en Kensington Church Street. Ya estaba lista para irse con ellos.

—¿Tú no gritas cuando ves a Nicholas? —le dijo Rudi.

—No —respondió Jane—. Pero si se sigue negando a que George le publique el libro, sí que gritaré. Además, George me echa toda la culpa a mí. Le he contado lo de la carta de Charles Morgan.

—Pues Nicholas tendría que darte más miedo. Consigue hacer gritar a las mujeres, por cierto. A Selina le ha dado un buen susto hoy.

—La verdad es que ha sido ella la que me ha asustado a mí —dijo Nicholas.

—¿Por fin has logrado dar con ella, entonces? —dijo Jane.

—Sí, pero está en estado de *shock*. Creo que he debido de hacerle recordar las escenas de la tragedia.

—Aquello fue un infierno —dijo Jane.

—Ya lo sé.

—¿Por qué se habrá enamorado este hombre de Selina, por cierto? —dijo Rudi—. ¿Por qué no se buscará una mujer con más carácter o una chica francesa?

\*

—Esta es una llamada de larga distancia —dijo Jane precipitadamente.

—Ya lo sé. ¿Quién eres? —dijo Nancy, la hija del cura de las Midlands que a su vez se había casado con otro cura de las Midlands.

—Soy Jane. Escucha, tengo que hacerte una pregunta, muy rápida, sobre Nicholas Farringdon. ¿Tú crees que el incendio le influyó en su conversión a la

Orden aquella? Estoy escribiendo un artículo largo sobre él.

—Bueno, a mí me gustaría pensar que fue por influencia de Joanna. Ya sabes que era muy devota de la Alta Iglesia.

—Ya, pero él no estaba enamorado de Joanna, sino de Selina. Después del incendio la buscó por todas partes.

—Ya, pero Selina jamás le podía haber convertido a nada. No llegaba a tanto.

—En su manuscrito Nicholas decía que el mal puede desencadenar una conversión tanto como el bien.

—Yo es que nunca he entendido a los fanáticos estos. El problema es ese, Jane. Creo que Nicholas estaba un poco enamorado de todas nosotras, el pobrecillo.

*

Aquella noche de agosto, la gente se lanzó a la calle con el mismo ímpetu que en la noche de mayo, cuando se celebró la victoria. Las diminutas siluetas salían puntualmente al balcón cada media hora, saludaban con el brazo y luego desaparecían.

De pronto Jane, Nicholas y Rudi se vieron aprisionados en medio de una multitud que les rodeaba por los cuatro costados.

—A codazo limpio —se dijeron Jane y Nicholas uno al otro, casi a la vez, aunque fuera un consejo completamente inútil.

Un marinero que estaba pegado a Jane le dio un apasionado beso en la boca, cosa que resultó imposible de evitar. Jane quedó a merced de aquella boca con sabor a cerveza hasta que la multitud se disgregó y los tres amigos pudieron tomar un sendero que los llevara a un lugar algo más despejado, con acceso al parque.

Fue allí donde otro marinero, al que en esta ocasión solo vio Nicholas, le clavó una sigilosa navaja entre las costillas a la mujer que estaba con él. En ese instante se encendieron las luces del balcón y el gentío guardó al fin silencio, esperando ver aparecer a la familia real. Sin un solo quejido, la mujer acuchillada inclinó suavemente la cabeza. A muchos metros de distancia otro grito quebraba el silencio, tal vez otra mujer asesinada. O quizá una persona a quien solo le hubieran pisado los dedos de un pie. Entre la multitud se alzó un rugido de voces. Todos los ojos estaban alzados hacia el balcón del palacio, donde los miembros de la familia real habían aparecido en el correspondiente orden, según la importancia de cada uno. Imbuidos del fervor, Rudi y Jane se pusieron a vitorearles.

En cuanto a Nicholas, que seguía embutido entre la gente, intentaba infructuosamente levantar un brazo para llamar la atención hacia la mujer herida. Al mismo tiempo, decía a gritos que acababan de apuñalar a una mujer. Entre tanto, el marinero del cuchillo soltaba improperios contra la mujer desmayada a su lado, que se mantenía en pie por el simple hecho de estar rodeada de una compacta multitud. Estos sucesos privados quedaban perdidos en medio del pandemonio generalizado. De pronto, Nicholas se vio arrastrado por un gentío recién llegado del Mall. Cuando el balcón volvió a quedar a oscuras, Nicholas logró hacerse un pequeño hueco entre la muchedumbre y se encaminó hacia el parque seguido de Jane y Rudi. Al abrirse paso, Nicholas tuvo que pararse precisamente al lado del marinero de la navaja. De la mujer herida ya no había ni rastro. Mientras esperaba a que le dejaran avanzar, Nicholas se sacó del bolsillo la carta de Charles Morgan y se la metió en la camisa al marinero antes de seguir adelante. No le movía ningún motivo concreto ni esperaba sacar nada de ello, pero era un gesto simbólico que en ese momento le pareció importante. Así eran las cosas en aquel entonces.

Los tres amigos emprendieron su regreso por el parque sumido en el frescor de la noche, procurando no pisar a las parejas abrazadas sobre la hierba. Por todas partes se oían voces cantando. Nicholas y sus acompañantes se unieron a los cantos de la multitud. Por el camino se toparon con una pelea entre un grupo de soldados británicos y otro de soldados americanos. A un lado del sendero había dos hombres inconscientes a quienes sus amigos intentaban reanimar. Tras ellos resonaban los vítores de la multitud. En ese momento, una formación de aviones del ejército pasó tronando por el cielo anochecido. Era la celebración de una gloriosa victoria.

—No hubiera querido perdérmelo, la verdad —dijo Jane, que se había parado a arreglarse el pelo y estaba hablando con una horquilla en la boca.

Maravillado ante su energía, Nicholas memorizó esa imagen de Jane y muchos años después, en el remoto país donde halló la muerte, la recordaría así, precisamente como estaba esa noche, de pie en la hierba del parque, robusta y con las piernas al aire, como una encarnación del club May of Teck, con aquella aceptación tan sensata y espontánea de la pobreza que había en aquellos tiempos, en 1945.

# ÍNDICE

∾